ガーネット オペラ

西田大輔

論創社

目次

ガーネット　オペラ

登場人物

信長……織田信長。尾張の大名。（別名・上総）
お濃……美濃から嫁いできた信長の妻。（別名・帰蝶）
光秀……明智光秀。織田軍団配下の武将。

勝家……柴田勝家。織田軍団配下の武将。家臣の筆頭。
藤吉郎…木下藤吉郎（羽柴秀吉）。織田軍団配下の武将。
利家……前田利家。織田軍団配下の武将。
家康……徳川家康。三河の大名。（劇中では、織田軍団配下の武将）

八重……織田家家臣。光秀に、想いを寄せている。（後の寧々）
お市……信長の妹。柴田勝家との婚礼を控えている。

フロイス…ルイス・フロイス。信長と共にゲームを仕掛ける宣教師。
謙信……上杉謙信。ゲームに参加する越後の大名。
勝頼……武田勝頼。ゲームに参加する甲斐の大名。
幸村……真田幸村。劇中では武田の人質として勝頼に付き従っている。
長宗我部…長宗我部元親。ゲームに参加する四国の大名。
義昭……室町幕府十五代将軍・足利義昭。ゲームの後見人。

熙子……石山本願寺に住む謎多き女性。

半蔵……服部半蔵。徳川家康の密偵を務める伊賀忍者。
今川……今川義元。冒頭、桶狭間で信長に敗れる。
従者……武田軍の伝令。八重を捕らえ、武田に差し出す。
僧兵……石山本願寺の僧兵。明智光秀を襲う。

——戦乱の一五八二年、第六天魔王・織田信長は、天下布武の真っ最中、安土の城に家臣を集め龍の刻印が記された宝箱を置いた。

「七日の月を数える間、この宝箱を見つけたものに褒美をつかわす」

これは、何時かの時間、何処かの国での、誰かの物語。
天下獲りという名の、命をかけたゲーム。
第六天魔王が仕掛けた、人としての最後のゲーム。
ゲームのヒントはたった一つ……。

楽しめよ。但し、本気でな——

PROLOGUE

舞台まだ暗い。さっきまで鳴り響いていた軽快な音楽は鳴り止み、
辺りは深い闇に包まれる。雨の音が小さく鳴り響く最中、音楽。
その音と共に雨音は一気に加速度を増していく。
緞帳がゆっくりと開き、舞台が始まる。
舞台前方には、大きな宝箱が置いてある。
場所は一五六〇年、桶狭間。若き日の時代。
深い霧、舞台には幾万もの死体が横たわっている。
辺りは雨。
その中に男が二人。織田上総介信長。
もう一人は、今川義元。
じっくりと今川を見据える信長。今川は落ちている刀を拾い、
信長に斬り掛かっていく。

今川　信長!!

一刀のもとに今川を斬り捨てる信長。
倒れる今川義元。
信長は天を見上げ、

信長　これより戦国の世を伝えろ。楽しい祭りにしようや、この俺が死ぬまでな。

音楽。映像。
死体がゆっくりと起き上がっていく。
足利義昭登場。
書状を破り捨て、頭上を見上げながら、合図を出す。
その瞬間、戦国の猛者達が次々に登場し、信長に襲い掛かる。
上杉謙信・武田勝頼・長宗我部元親・真田幸村。
舞台後方からそれを見つめ、笑うフロイス。
柴田勝家・前田利家・木下藤吉郎・徳川家康が刀を構え、登場。
信長が家臣に刃を向けていく。
お濃登場。
信長に刃を向ける。
燃えさかる炎の音。

舞台前方の宝を映し出し、ゆっくりと暗転していく。

★

舞台明るくなると、鷹の鳴き声。
一人の男が立っている。
場所は丹波・八上城前。
男の名は、明智光秀。
光秀が空を見上げると、舞台上空からの一枚の密書が降ってくる。
それを拾い、読み始める光秀。

光秀　やれやれ……。

光秀は微笑み、上空を見上げる。
その場に一人の女が現われる。
女の名は、お濃。

お濃　光秀。
光秀　これはこれは、どうなさいましたお濃様。

上空を見上げるお濃。

11　ガーネット オペラ

鷹の鳴き声が聞こえてくる。

お濃　……呼んでるねぇ。
光秀　その様ですね。
お濃　何て書いてあったんだい？
光秀　「急用、謀あり。戻れ光秀。」
お濃　全く……。我が夫ながら、ふざけた男だねぇ。
光秀　まあそう言わずに。この早さが天下人たる所以です。
お濃　で、あんたどうすんのさ？
光秀　……どうするも何も、呼ばれて帰らないわけにはいきませんよ。第六天魔王に楯突くわけには。
お濃　この城もやっと落とせるんだろ？　ほっときゃいいんだよ。どうせくだらない事に決まってんだから。
光秀　お濃様。
お濃　お袋さんに頼んだんだろ。この八上城の為に犠牲になってくれって。
光秀　……まあそうですが。
お濃　光秀、あんたが先頭切らなきゃ、誰も逆らえないんだよ。わかってるんだろうね。
光秀　しかしそれではあなたの顔が立ちません。
お濃　どういう事だい？

光秀　だって、あなたは私を戻す為に来られた。わざわざ憎まれ口を利いてね。違いますか？
お濃　……。
光秀　……それに、嫌ではないんですよ。破天荒なあの人に振り回されるのは。私だけではない、皆そうだ。お濃様、心配には及びませんよ。
お濃　……やっぱりお前にはかなわないね。

鷹の鳴き声が聞こえる。
上空を再び見上げる二人。

光秀　おや、催促だ。急ぐとしましょうか？
お濃　お前は何の用だと思う？
光秀　また面白い事でも思いついたんでしょう。どうやら全員集められそうだ。折角ここまで辿り着いたんですけどね。
お濃　光秀、言いたい事があるなら言えよ。お前は人の事を考えすぎる。それはいつか仇となすぞ……。
光秀　わかってます。ただ……それはあなたもですよ、お濃様。

光秀退場。
上空を鷹が舞っている。

それを見て溜息をつくお濃。
ゆっくりとのその場を離れ、退場。
鷹の鳴き声が響いている。

ACT 1

舞台天井からゆっくりと屏風が下りてくる。
ししおどしの音が鳴り、三味線の音。
場所は、安土城内。
一人の男が正座し、礼を正す。
男の名は、柴田勝家。

勝家　……あけおめ！　新年、明けましておめでとうございます。昨年は大変御世話になりました。柴田勝家でございます。今年も……今年も何卒……

そこに一人の男が駆け込んでくる。
男の名は、前田利家。

利家　勝家さん！　勝家さん！
勝家　おおこれは利家。

利家　こんな所で何やってるんですか⁉　みんな集まり始めてますよ。早く行かないとまた殿に……

勝家　うるさい。今新年の挨拶中だ。こういうのが一番大事なんだぞ。親しき仲にも礼儀ありだ。

勝家は礼を正し、

勝家　おお利家、前田利家君。新年、明けましておめでとうございます。
利家　……あ、おめでとうございます。
勝家　今年もよろしく。さあ、一緒に挨拶しようじゃないか。新年……明けまし……
利家　勝家さん、後にしましょうよ。
勝家　駄目だよ‼　挨拶一番大事なんだぞ。ああ‼　お前はそういう所を直さなきゃいかん……だからお前の年賀状はいつも一月三日に届くんだ。
利家　何を言ってるんですか？
勝家　いいか前田利家君。二五日までに出すんだ。そうじゃないとね、届かないの元旦には。いいか、二五日だぞ！　二五！
利家　あのね、本当に冗談言ってる場合じゃないんですよ。勝家さん、何か重大な事が起きてるんじゃないですか？
勝家　どうして？　前田利家君。
利家　だってこのくそ忙しい時に、何で全国の家臣集めるなんて言いだすんですか。みんな必死ですよ。光秀さんだって波多野を降伏させる為に、お袋さん差し出してまで丹波に向かってるんですから。猿だって長宗我部で手一杯だし、家康だって……勝家さん聞いてますか？
勝家　聞いてるよ。前田利家君。
利家　家康だって武田に対してやっとこさ踏ん張っているんです。そんな大事な時に殿は何を考えて……勝家さん⁉
勝家　続けて、前田利家君。
利家　本当に俺の話聞いてますか⁉
勝家　聞いてるよ、前田利家君。
利家　そのフルネームで呼ぶのは何か意味あるんですか？
勝家　あるよ。おおありだよ。お前は何でそう気が利かないんだろうねぇ。
利家　何が？
勝家　わからないかな……そうだよな、お前はいいよお前は！　どうせ俺なんかさ……。
利家　何をぶつぶつ言ってるんですか。
勝家　呼んでよ……俺も呼んで。
利家　何をですか？　意味がわからないんですけど……。
勝家　だから、名前だよ名前！　いいか、これから出てくる奴らは、みーんな有名人。オールスターだよオールスター！　後世にきっと名を残すであろう歴史のスター達がぼんぼんぼんぼん出てくるんだよ！　だから、今のうちにアピールしなきゃいけないの。忘れられちゃうの！　当たり前だろ！　ったく……。

利家　……あのね。
勝家　お前はいいよなぁ、大河があったもんなぁ。ＮＨＫなんか大嫌いだ。受信料は払わん！
利家　勝家さん、どうでもいいじゃ……

利家を睨みつける勝家。

利家　柴田勝家さん、そんなの別にどうでもいいじゃないですか。
勝家　良くないよ！　いいか、我が織田軍団って言うのは「ジャイアンツ」みたいなもんなんだよ。
そうだろ？　でも俺なんか地味だからさ、目立たないぜたぶん。認知度で言えば川中あたりだよ。
……な、誰も知らないだろ。目立たないんだよどうせ俺なんかどうせ……。
利家　ふてくされないで話を進めましょう。殿はどうしてこの時期に……
勝家　ゲームをやりたいんだと。
利家　ゲーム。殿から何か聞いてるんですか？
勝家　詳しくはわからんが、どうせ上総の思いつきだろ。

一人の男が駆け込んでくる。
男の名は、徳川家康。

家康　利家、遅くなって申し訳ない。やっと着いた。

勝家　来たよ……。
利家　大丈夫か？　こんなに急いで。家……
家康　ちょっと待って。「鳴かぬなら　鳴くまで待とうホトトギス」。

ししおどしの音が響く。

勝家　ほら言ったろ！　これでわかるんだよ‼　これだけでこいつが誰かわかっちゃうんだよチキショー！
利家　うるさいですよ。それより家康、大丈夫なのか？　浜松城も大変なんだろ？
家康　ひとまず影武者を立てておいたから。得意技なんだ。
利家　そっか……。
家康　殿は遅れた事、お怒りでないか？
利家　お前が一番早いよ。猿よりな。
家康　よかった……。でも猿の奴、今頃一目散で向かってるぜ。どんな理由にせよ、久しぶりに殿に会えるんだから……。
利家　全くだ。
勝家　……猿……猿……また現われる……有名人が……。
家康　勝家殿、何を言ってるんですか？
勝家　……。

黙って客席を指差す勝家。
その方向から客席を走っている男がいる。
男の名は、木下藤吉郎。

藤吉郎　急がなきゃ……。あ！　そうだ。久しぶりにやっておこう。

藤吉郎は草履を取り出し、懐で温める。

勝家　何でそれだけでわかるんだぁ!!　草履で、草履如きでー！
藤吉郎「鳴かぬなら　鳴かして見せようホトトギス」か……。

藤吉郎は客席を走り抜けて、退場。
落ち込む勝家。

勝家　俺だって……俺だってホトトギスの一つや二つ……。
家康　どうしたんだこの人？
利家　……わからん。ほっとこう。それより、お前は何か聞いてるのか？　今回集められた理由を……。

家康　いや、でもおかしな事がある。まあそのおかげで俺はここに来る事が出来たんだが……。
利家　どういう事だよ？
家康　武田が軍を退いたんだ。開城一歩手前で……。
利家　武田が⁉
家康　……ああ。理由はわからんが、勝利を目前にして武田は全軍を撤退させたんだ。今まででは考えられん。
利家　何故……。
家康　大事なのはここからだ。風林火山の旗印は甲斐に戻らず、沈黙しながらも行軍を続けている。たぶん、目標はこの安土だ……。
利家　ほ……本当かよ　すぐに殿に……
勝家　待て‼
家康　……勝家殿……あなた何か……
勝家　「鳴かぬなら……しっちゃかめっちゃかホトトギス」。
利家　あんた邪魔だよ‼　もう……。
家康　とりあえず光秀さんなら何か知ってるかも知れん。それまでは待とう。
勝家　……光秀……光秀……。

またも落ち込む勝家。

家康はそれを見ながら、

家康　あれは？
利家　放っておいてくれ。病気だ。
家康　それよりもお前、用意したのか？
利家　え？
家康　宝刀だよ。殿は家紋の入った宝刀をおのおの持参し、この軍議に臨むようにと。
利家　ああ……そうだ。
家康　何故殿はそんな事を……
勝家　言ったろ。あいつはゲームをしたいんだって。
家康　ゲーム？　……何ですかそれは？
利家　信長様がおっしゃったそうなんだ。勝家さん聞いたんだって……。
家康　勝家殿、是非お話を伺いたい。
勝家　いいよ別に。
家康　あなたの活躍の場ですよ。一番目立てます。
勝家　そう？　……しょうがないな。上総がね、何でもね宝をね……

その場所に、藤吉郎が走り込んでくる。

藤吉郎　すいません遅くなりましたぁ！

勝家　……。
藤吉郎　あれ、どうしたんですか？
勝家　別に……。
藤吉郎　勝家さん？

勝家、藤吉郎の草履を奪い、

勝家　……俺だって！　俺だって!!

草履を懐に入れようとするが、うまく入らない。

勝家　うわあああああ!!

泣きながら勝家、足早に退場。

利家　ちょっと！　まだ何も話してないですよ勝家さん！
藤吉郎　何なの一体……。
家康　わからんが猿、俺達は結構有名人だそうだ。先は明るいぞ。

ししおどしの音が響く。
頷く二人。

藤吉郎　あ！　利家、殿は……？
利家　全員が集まってから来られるそうだ。
藤吉郎　遅れた事怒ってないかな……怖えからな。
家康　それよりもお前、ちゃんと持ってきたか？
藤吉郎　え？　ああ宝刀か⁉　そう言ったって俺はこの一本しか持ってないから。
家康　おお、相変わらず貧しい暮らしをしているな。この百姓出身が。
藤吉郎　笑顔で差別発言すんな。余計なお世話だよ。それよりも利家、ちょっと聞きたい事があるんだが……。
利家　何だよ？
藤吉郎　その……八重はどうしてる？　その後、変わりはなかったりするか？
利家　ああ、別に元気だけど。
藤吉郎　……お、そうか。
家康　何だそいつは？
藤吉郎　あ、ちょっとな……。何か言ってなかったか？
利家　何かって？
藤吉郎　だからほら……藤吉郎様が素敵とか、藤吉郎様がお強いとか、とうもろこしが好きとか……

家康　三つ目関係ねえだろ。
利家　いや、別に何も言ってないぞ。あ、でも八重が好きなのはたぶん、光秀さんだぞ。
藤吉郎　……え⁉
利家　態度見てりゃわかんだろ。絶対そうだよ。
藤吉郎　……嘘だろ。
家康　もう振られてやんの。
藤吉郎　そんなんじゃねえよ！　別に関係ない。

落ち込む藤吉郎、そこに勝家登場。
黒いノートを持って、書き込んでいる。

勝家　木下藤吉郎……女に振られ……死亡。

勝家、にやりと笑いながら退場。

藤吉郎　何書いてんだよあの人
家康　あの人も精一杯なんだ。許してやれ。
藤吉郎　何であんな……

瞬間、ストップモーション。
利家、藤吉郎の動きが止まる。
桜の花びらが頭上から小さく降る。
一人の男が素早く登場。
男の名は、服部半蔵。

半蔵　家康様。
家康　半蔵か……。
半蔵　武田が突如勢いを変え、進軍しております。
家康　本当か?
半蔵　はい。武田自慢の騎馬隊一万、一糸乱れる事なくこの安土へ。総大将は武田勝頼かと。
家康　伊賀忍者を総動員し、足止めさせろ。少しの時間で構わん!
半蔵　わかりました。
家康　何かあったらすぐに知らせてくれ。行け!
半蔵　ハッ!

半蔵、素早くその場を退場。
利家と藤吉郎が動き出し、

藤吉郎　態度なんだよ！
家康　それより猿、戦の準備だ。
藤吉郎　えっ⁉
家康　利家、信長様に伝えろ！　武田が安土に攻め込んでくるぞ！
藤吉郎　ちょっと待ってよ！　全然意味がわからないって……。
家康　半蔵からだ。間違いない！　戦が始まるぞ‼

そこに一人の男がゆっくりと入ってくる。
驚く利家達。
男の名は、上杉謙信。

謙信　準備なんて必要ないんじゃないか。遅いぞお前ら。
藤吉郎　……上杉謙信‼
謙信　謙信さんだろ。年上にきちんと挨拶しろ。うるさいぞ俺は。
家康　出合え出合え‼

その言葉の合図と共に、郎党達が刀を構えながら入ってくる。
遅れて勝家も登場。

謙信　よっ。
勝家　何故上杉がこんな所にいる⁉
謙信　お前ら。もうちょっとしっかり警備しとけよ。「上杉です、こんちは」って言ったらお前、開けてくれちゃったよ。
家康　嘘をつけ！
謙信　嘘じゃねえよ！　だから言ったろ、セコムにしとけって。あれいいんだぞ。
家康　黙れ！　行くぞ！

謙信の殺気に動けない家康と郎党達。

家康　くっ……。
謙信　年賀状代わりだ。明けましておめでとう。昨年は大変御世話になりました。

謙信を睨みつける勝家。

勝家　これはこれは御丁寧に、俺の届いた？
藤吉郎　言ってる場合じゃないですよ！
勝家　そうだよ！　俺送ったのに……やれ‼

郎党達が上杉に斬り掛かる。
ひらりとかわす謙信。

謙信　待てって。客人に失礼だぞ。
利家　意味がわからんぞ！

攻める織田軍。
そこにお濃が入ってくる。

お濃　やめな!!
全員　えっ!?
藤吉郎　お濃様!!
お濃　上総が呼んだんだよ。そのくらいにしときな。

驚く全員。

謙信　そう言う事。
お濃　越後の龍・上杉、約束のものは持ってきたんだろうねぇ。

謙信　ま、しょうがねえからな。
藤吉郎　ちょっ……ちょっとどういう事だよ⁉
謙信　上総から話があるんだろ。ま、仲良くしようや。酒は？
家康　ふざけんな！　何故今争ってる総大将と仲良く出来んだよ！
謙信　そういうのもありって事だろ。いいじゃねえか。お前は頭固いぞ。
家康　黙れ！

家康が謙信に斬り掛かる。
ひとひねりで家康を追い詰め、

謙信　お前の相手は武田だろ。いきればいきる程、信玄には勝てんぞ。先輩のアドバイスだ。
家康　黙れ‼
謙信　それとも相手を変えるか？　越後の龍がいつでも相手になってやる。
お濃　待ちなって言ってんだろ。上総に見せる前に宝刀取られたんじゃ、家康も立つ瀬がないだろ。
謙信　……ほうとう？　え、これ？
お濃　どうした？
謙信　いや……。

謙信はひとしきり考え、懐からものを取り出す。

信州名物「ほうとう」である。

謙信　ちょっと……帰るわ。
全員　おい！
謙信　ま、いいよな。ほうとうには変わりねえもんな。おお、勝家。上総はまだか？　あの野郎、久しく会ってない内に勢力拡大しやがってなぁ。手紙の一つも寄よこさねえんだよ。礼儀知ってんのはやっぱお前だけだな。
勝家　……あ、いや。
謙信　辛いだろ。さっき、聞いてたぞ。お前も辛い立場だよな。俺ならわかってやれるぞ。
勝家　……あんただって有名じゃないか！
謙信　馬鹿！　いいんだよ、これから出てくる奴の一人や二人、中途半端なのがいるから！　大丈夫、絶対いるぞ。
勝家　……そうかな？
藤吉郎　あんた何仲良くなってんですか
勝家　……何？　あんたに比べたらさ、こっちのおじさんの方がまだ無名だもん。
謙信　お前それ失礼だよ！　ま、いいか。全員揃うまで、酒ぐらい振舞えよ。
利家　そんな暇あるか。
謙信　あるだろ家康、さっき半蔵も言ってたんじゃねえか？
家康　……あんた!?

謙信　そっ。理由は一緒だろうな。たぶん。
家康　それじゃあ……。
謙信　そう言う事。全国の猛者どもがこの安土に集まってる。この戦国の真っ最中にな。そう考えりゃ、お前らの大将は大したもんだよ。
勝家　……お濃様。
お濃　そうだ。国中巻き込んだ大一番だよ。
謙信　ま、来ないわけにはいかねえだろ。この御方に、布令を出されりゃな……。
勝家　上杉殿……まさか⁉
謙信　頭が高いぞ‼　将軍様だ。

音楽。
ゆっくりと一人の男が入ってくる。
男の名は、足利義昭。
驚く織田家臣達。

義昭　私が室町第十五代将軍……足利……
藤吉郎　誰この人？

音楽が止まる。

利家　誰だよ誰？　お濃様、誰ですか？
お濃　いや、知らないね。
義昭　……おい、お前達？
藤吉郎　困るんだよこのくそ忙しい時に。誰あんた？
義昭　……将軍だ。足利義昭だ。
家康　何言ってんの。ふざけんなよお前。
義昭　お前⁉　貴様誰に向かって……
利家　俺ら暇じゃねえんだよ。
お濃　わかった、任せとけ。いいよおっさん、構って欲しいんでしょ。後でな。はい、はい帰ってね。

お濃は、義昭をあしらいながら退場させる。
義昭はすぐ戻ってきて、

義昭　謙信!!

勝家と仲良く酒を飲んでいる謙信。

謙信　……酔っちった。
義昭　おい！
謙信　ああ……そうだ。お前ら本物だぞ。室町幕府のトップだ。この日の本の頂点に君臨する将軍様だぞ。

驚く織田家臣達。

利家　ちょっと待てよ、本当かよ？
義昭　いかにも、私が室町幕府代十五代将軍、足利義昭である。控えよ!!
全員　……。
藤吉郎　って誰？　足利義昭って？　知ってる？
利家　全然。家康、お前知ってんのか？
家康　さあ。
義昭　おい……君達……。
勝家　銀行にあったよな。あしかがが社長なんだよ。
謙信　そんなわけねえだろ。
勝家　いや本当だよ。ボール持って、アウアウって……。
謙信　すげえ！
義昭　……そこ。君ら、そんなわけないでしょ。

勝家　あ！　じゃあお前、俺が嘘ついてるって言うのかよ!!
義昭　うん、ついてる。
勝家　ばれちった！　あいつ頭固いな。
義昭　どうでもいいだろうが　いい加減にしろ！　頭が高いぞ。謙信!!

酔っている謙信。
舞台袖に向かって説教している。

謙信　ちゃんとやらなきゃ駄目なんだよねぇ。
義昭　誰に説教してんだ誰に!?　お前らな……この仕打ち忘れんぞ。信長に言って打ち首にしてやる。
藤吉郎　そんな事言われてもなぁ。
家康　知らないもんは知らないし。

義昭を全く相手にしない織田家臣達。

義昭　……あのさ……ちょっとみんな聞いてくれる。真面目な話していいかな。
利家　何だよ？
家康　忙しいから早くしろよ。

義昭　……みんなタメ口になってるんだどけね、もういいや。俺さ、結構偉いんだ。室町幕府の頭だったりするんだよ。いや、そうは見えないかも知れないけどさ。でも、「日の本にこの人あり」って謳われた事もあるんだよ実は。
お濃　それがどうしたんだよ？
義昭　そう言われるとここで話終わっちゃうんだけど……だから……
謙信　礼をわきまえろと言う事だ。上総の為にもな。さもないと、織田は全国を敵に回す事になる。
勝家　……起きてたのか？
謙信　今起きた。本当の話だぞ。この越後の龍だってこの人の声一つで、いかようにも動いてやるよ。そういう御方だ。
お濃　……そうなのか？
義昭　謙信……ナイス。
謙信　考えて動け。今日の織田上総介信長は、この人あってのものだ。あいつもきちんとそこら辺をわかってるからお呼びしたんだ。室町幕府の威信は死んでねぇぞ。

羨望の眼差しで義昭を見つめる織田家臣達。

義昭　……ありがとう謙信。ちょっと感動した。
謙信　礼には及びませんよ。それにお前ら、この人を敵に回すんじゃねえぞ。この天下をおびやかす隠し玉を持っておられる。俺や信玄さえも恐れる隠し玉をな。

藤吉郎　……それは……。
義昭　……さすがは謙信。遊んでいるばかりではないな。
お濃　上杉、それは何だい⁉
利家　答えろ！
謙信　教えてやるから焦んじゃねえよ。義昭殿、構いませんか？　俺もやるなら正々堂々とやりたい。
義昭　構わんぞ。但し、こいつらに理解出来るならな。
お濃　だからそれはなんだよ⁉　答えろ‼
謙信　それはな……。

その場を静寂が包む。
謙信は何も語らない。
固唾を呑んで見守っているが、お濃が良く見ると謙信は寝ている。

お濃　そこで寝るのかよ⁉
義昭　おい！　お前の見せ場で終わりじゃないか⁉　謙信‼
謙信　……。

熟睡している謙信。

勝家　駄目だなこりゃ。駄目だぞこりゃ。
義昭　わかってるよ、何で二回も言うんだよ。……あのね、つまり彼が言いたかった事は……
お濃　もういいよ。なんか興ざめした。
利家　ですね。
藤吉郎　俺達も忙しいんだよ。ごめんな、おじさん。
義昭　……。
勝家　いいじゃねえか！　地味売りにしていこうぜ。チノパンはこうぜ！　薄いチノパンはいていこうぜ！
義昭　……もう全然意味がわからないけどいいや、それでいい。とりあえずもう仲良くしてくれるだけでいいから。おじさんも輪に交ぜて。おじさんの話を聞いて。ね、御願い。
藤吉郎　わかった。
義昭　ありがと。……俺もね、呼ばれてんだよ信長君に。だから一緒にいてもいい？
家康　それならいいに決まってんじゃん。最初から早く言えよ。
義昭　最初から言ってたんだけどね……あ、嘘、ごめん。
勝家　なんか聞いてんのか？　上総には。
義昭　うん、「後見人」になってもらいたいって信長君に言われたんだ。
利家　後見人？
勝家　上総がやりたいっていうゲームのか？

義昭　たぶんそうだと思う。密書で来たんだけどね、この役は天下の室町幕府にしか預かれないだろうからって……。
お濃　それ、すごいじゃない！
藤吉郎　偉いんだね！
義昭　うん。すごいんだよ。偉いんだよ。ありがとう。やっと、場の中心になってきた。それでね……

瞬間、ストップモーション。
家康以外の動きが止まる。
桜の花びらが頭上から小さく降る。
素早く入ってくる半蔵。

半蔵　家康様。
家康　どうした？
半蔵　武田が安土の二里先で陣を構えました。
家康　本当か!?
半蔵　はい。
家康　伊賀忍はどうした？　足止めは？
半蔵　思う様にはいきません。武田には……甲賀がついております。

家康　甲賀が？　何故だ
半蔵　わかりません。引き続き動向を……。

半蔵、素早くその場を退場。
全員が動き出す。

義昭　……今、何か邪魔された気がするんだけど。
藤吉郎　何言ってんだよ！　それで？
義昭　あ、それでね……
家康　と、いきたい所だがそうもいかんぞ。
義昭　ほら。こう来るよ、そういう気がしてたもん!!　もういいよ。
家康　先程の武田の話だ。全員、急ぐぞ。
義昭　ほら、急いで行きなさい。もう俺の事はいいからさ、ほら……。
藤吉郎　いいよ、今あんたが話してんだ。
お濃　話ぐらい聞いてあげるから、ほら!!
義昭　え!?
家康　しかし武田がな……。
勝家　そんなこたぁどうでもいいんだよ。チノパンなめんな！
義昭　はいてないよ。

利家　何だよ！　俺ら聞くよ。続き、話せよ!!
義昭　みんな……みんな……。
藤吉郎　それで、何だよ。全部話せよ。俺ら、聞いてるぜ。
義昭　うん。それでね……

そこに光秀が入ってくる。

光秀　何を話してるんだ？
利家　光秀さん!!

全員の注目が光秀に集まる。

義昭　……。
光秀　あまり悠長な事はやってられんぞ。武田が動いてる。家康、気づいてるな？
家康　あ、はい。今その話を。
光秀　そうか。真意はわからんが、厄介な事になる前に手を打つぞ。いいな。
藤吉郎　はい。
光秀　俺は武田のもとへ行ってくる。お前達は早急に殿に。たぶん知っているだろうが……後でつかれない為にな。

利家　さすが光秀さん。
光秀　では向かえ。行け。
全員　はい。

足早に利家・藤吉郎・家康・勝家が退場。
義昭が悲しそうに、光秀を見つめている。

義昭　……。
光秀　何か？
義昭　君はいいね。みんなが注目してさ。俺、いっつもこんな扱いだよ。
光秀　そんな事ないですよ。何かあったんですか？
義昭　実はね……
お濃　私ちょっと武田見てくるわ。

お濃、その場を走り去り退場。

光秀　お濃様!!　あ、すいません、また……。

光秀はお濃を追いかけ、退場。

義昭　……俺、なんでこの世に生を享けたんだろう。
謙信　まあそう言わずに、なかなか捨てたもんじゃないですよ。
義昭　謙信。
謙信　……このウインナーもね。
義昭　寝言かよ！　いい加減にしろ！　ほら起きろ！　起きろ！

義昭は謙信を起こし、その場を足早に退場。
舞台ゆっくりと暗くなっていく。

★

舞台上の屏風が上がっていく。
場面は、尾張領内。
奥に立っている一人の男。
男の名は、武田勝頼。
襲い掛かる織田軍団の郎党達。
勝頼は全員を斬り捨て、にやりと笑う。
軽やかに一人の女が入ってくる。
女の名は、真田幸村。

幸村　動かないんですか？　安土は目の前ですよ。
勝頼　いいんだよ。ここでいい。
幸村　何故？
勝頼　出方を待つ。そうそう時間は変わらんだろう。やるときはやる。
幸村　「徐かなること　林の如し」ですか。
勝頼　勉強してるな幸村。さすがに頭のいい奴だ。
幸村　私の好きな言葉です。武田でこれ程までに完成されたものはない。
勝頼　その通りだよ。お前も覚えておけ。この戦国の世に名を置きたいならな。
幸村　勿論、そのつもりですよ。勝頼殿、あなたは織田信長に会った事はございますか？
勝頼　……何故そんな事を聞く？
幸村　戦国の革命児にお会いした上でのその態度なら、本物だと思いまして。
勝頼　生意気な事を言うじゃないか。
幸村　単純な興味です。この世を震え上がらせた程の男に、私も会ってみたいものですから。
勝頼　喰えん奴だ。武田が驚く程の事ではない。
幸村　さすがです。
勝頼　幸村、お前も会ってみるがいいさ。何なら織田軍に入って、天下獲りの手助けでもしてみるか？
幸村　……それも面白い。是非。
勝頼　断らんのがお前のいい所だな。しかし、その前に織田はこの武田が潰す。全てを奪ってやるよ。

幸村　「疾きこと　風の如し」ですね。
勝頼　そうだ。わかってるじゃないか。
幸村　当たり前です。「疾きこと　風の如し」「徐かなること　林の如し」「侵略すること　火の如し」「動かざること　山城新伍」
勝頼　……最後ちょっと間違えてるぞ。山の如しだ。
幸村　え？　そう言いましたけど。
勝頼　……まあいい。見てみろ幸村。面白い事になってるぞ。

前方を指し示す勝頼。
幸村もその方向を見つめ、驚く。

幸村　あれは!?
勝頼　どうやら俺達だけじゃない様だな。四国の虎だよ。
幸村　長宗我部元親!!
勝頼　そうだ。
幸村　ちょっと行って見てきます！
勝頼　待てよ。すぐに一緒になる。信長が呼んだんだ。
幸村　……信長が？
勝頼　間違いない、色々来るぞ。各地の猛者どもがな。お前も加わりたいか？

幸村　もちろん!!
勝頼　ならば信長の首でも獲りに行け。それぐらいが丁度いい。

そこに従者に連れられ、一人の女が入ってくる。
女は、従者の手を必死に振り払おうとする。
女の名は、八重。

八重　ちょっと！　やめて下さい！
従者　黙れ！
勝頼　どうした？
従者　勝頼様、武田陣内で怪しき者を捕らえました。
八重　ちょっと……
従者　黙れ!!　いかがなさいますか!?
勝頼　捨てておけ。
従者　ハッ！

従者は、八重を斬ろうとする。
そこに幸村が止めに入り、

幸村　ちょっと待ってって。まあそう焦らずに。
従者　しかし……。
幸村　私が全部やるから、ほら行って行って。

従者退場。

幸村　どうしてこんなとこ迷い込んだの？
勝頼　幸村、あまり調子に乗るなよ。
幸村　わかってますって。……何の為にこんな所をうろつく？　正直に答えたら帰してやってもいいよ。ほら、言わないとこの人に斬られちゃうよ。
八重　……私はただ光秀さんに情報を……
幸村　光秀！　明智光秀か！　やっぱり織田の人間でしたね。
勝頼　知れた事だろ。どいてろ幸村。

勝頼は八重に向かい、刀を抜く。
後ずさる八重。

八重　やめて下さい……。私はただ……
勝頼　ただ情報を漏らそうと思っただけだ。女、ここでは充分な理由になるぞ。

幸村　勝頼殿、何も斬らなくても……
勝頼　幸村、口立しするならお前もやるぞ。覚えておけ。
幸村　……。
勝頼　手土産に持っていってやろう。うつけにな。

勝頼が八重に刀を振ろうとした瞬間、
お濃登場。

お濃　いらないねえ、そんな手土産は。
勝頼　……。

無言で刀を納める勝頼。

八重　お濃様!!
お濃　八重、危ない所うろうろすんじゃないよ。わかったね。
八重　ごめんなさい、私。
お濃　大事な家臣だ。悪いけど持って帰るよ。
勝頼　待てよ。そう言われて帰すわけにはいかんだろ。
お濃　男がみっともない事言ってんじゃないよ。器が小さいよ。

勝頼　……。

八重がお濃のもとまで駆け寄る。
笑う勝頼。

幸村　勝頼殿、この女は？
勝頼　わからんか？　うつけの妻だよ。
幸村　こいつが信長の⁉
お濃　そういう付属みたいな言い方されると許せないんだよね。お前だって同じなんじゃないか？
　信玄に寵愛されてる馬鹿息子のくせに。
勝頼　……。
お濃　どうした？　まさか傷ついたなんて言うんじゃないだろうね。
幸村　勝頼殿……。

構える幸村。

勝頼　……ちょっと傷ついたんだ。
幸村　傷ついてたんですか⁉
勝頼　……ああ。おい、手土産はお前の方が都合がいいな。いいだろう、やってやるよ。

武田軍の郎党がお濃に斬り掛かる。
お濃は素早く刀を抜き、見事に斬り捨てていく。

幸村　すげえ……！
お濃　私とやろうってのかい？　マムシの血をなめてもらっちゃ困るんだよ。
八重　お濃様！　駄目です。もしもの事があったら……。
お濃　黙ってな。久しぶりに本気になってやろうじゃないか。ぼんぼんにはちょっときついよ。

勝頼に斬り掛かるお濃。
勝頼も応戦する。
一歩も引けを取らぬ斬り合い。

勝頼　面白いなお前。女にしておくのは勿体ない。
お濃　だからそういう考え方嫌いなんだよ。

斬り合いの最中、幸村が割って入ってくる。

幸村　ちょっと待って下さいよ！　この喧嘩、私が預かりますから！

勝頼　どいてろ！　お前もやるぞ！
お濃　そうだよ、どきな！
幸村　そんなわけいきません‼　あなたが死んだら、織田信長に会えなくなる。
八重　お濃様おやめ下さい！
お濃　うるさいね。
勝頼　何ならこいつの味方に入れよ幸村。その方が楽しいだろ。まとめて斬り刻んでやる。
幸村　勝頼殿。
勝頼　織田信長に会いたいんだろ。だったらこの女について行けばいい。俺に斬られる前にな……。

溜息をつく幸村。

幸村　わかりました。じゃあそうさせてもらいます。
お濃　何だ、もう仲間割れかい？
幸村　そんなんじゃないですよ。ただ折角の御提案ですから。
お濃　いらないよ。どいてな。
幸村　そう言わずに私、結構強いんですよ。
八重　ちょっと、誰か！

お濃に加勢する幸村。

二人で勝頼を追い詰める。

お濃　気にいったよ。やるじゃないか。
幸村　でしょ！
お濃　ぼんぼんにお仕置きしてやろうかね。

ぶつかり合う三人。
そこに光秀登場。

光秀　そこまで!!
勝頼　……。

刀を止める三人。

八重　光秀さん!!
光秀　遅れてすまなかったな八重。もう大丈夫だ。
お濃　光秀、邪魔するんじゃないよ。
光秀　殿がお待ちです。お濃様、ここはひとまず帰ります。いいですね。
お濃　……そんな事言われたってな……

光秀　ここは私の顔を立てていただきたい。先日と同じように、駄目ですか？
お濃　……光秀。
光秀　気持ちはわかりますが、殿にお会いした後です。その後は好きにして構わないですから。お濃様。
お濃　……わかったよ。

刀をしまうお濃。
光秀と八重と共に、その場を去ろうとする。

勝頼　明智、どういうつもりだ？　この勝負、なかった事には出来んだろう？　織田と武田は全面戦争でいいんだな。
光秀　……密書は届いてるはずでは？
勝頼　まあな。
光秀　では従っていただきたい。安土には続々と集まっていただいてますよ。
勝頼　答えになってないぞ。俺はなかった事に出来んだろうと言ってるんだ。
幸村　勝頼殿。
勝頼　どうする明智。答えろ。

光秀、勝頼のもとに歩み寄り、ゆっくりと土下座する。

驚くお濃と八重。

八重　光秀さん!!
光秀　……では、これで構いませんか？　勝頼殿、偶然とは言え我が織田家が大変な失礼をした。申し訳ない。
お濃　お前……。
勝頼　……明智。
光秀　これでもなしに出来ぬなら、その軍勢をもって安土に攻められるがよい。但し、信玄殿もお連れしていただきますよ。今のあなたでは、第六天魔王の相手は務まらないですから。
勝頼　……。
お濃　勝頼、これ以上こいつにこの格好させる気かい？　あいつが許しても私が許さないよ。
勝頼　その必要はねえよ。
幸村　勝頼殿！
勝頼　……明智、さすがは織田軍の最右翼だ。面白いぞ。

勝頼、その場を足早に退場。

お濃　光秀、もういい。

光秀は立ち上がり、

光秀　そうですね、さ、行きましょう。
八重　……ごめんなさい、私のせいで。ごめんなさい。
光秀　何言ってんだ。大した事ではないよ。
八重　でも……。
幸村　あなた、すごいですねぇ。だってあれしか止める方法はないもの！
光秀　誰だお前は？
幸村　……あなたが明智光秀か。
お濃　黙ってろ、行くよ。
光秀　八重。
八重　はい。
光秀　そろそろ行かないとそれこそ大変な事になります。もう待ちくたびれてますよ、あの方が。
お濃　……そうだな。
八重　何をですか？
光秀　もちろん、出番だ。きっと怖いぞ。
八重　あ……ですね。
光秀　さあ、行きましょう。第六天魔王が待っています。

音楽。
舞台ゆっくりと暗くなる。

ACT 2

舞台天井から屏風がゆっくりと下りてくる。
場面変わって明るくなると、お濃が立っている。
安土城内。
周りには礼を正している勝家・利家・家康・藤吉郎がいる。

お濃　揃ったね。
全員　ハッ。
お濃　気合いは入ってるか？　わかってると思うが生半可じゃやられるよ。
全員　ハッ。
お濃　家康、武田もこっちに来るよ。いきのいい玉だが、どうせならここで奪っちまいな。
家康　はい!!
お濃　猿!!
藤吉郎　はい!!
お濃　長宗我部には手こずってる見たいだね。だらしがないよ。

藤吉郎　……面目ないです。
お濃　皆もご苦労であった。一週間後には勝家とお市の結婚式も控えてる。それまでに各自戦勝祝いをあげてやりな。
藤吉郎　えっ⁉　勝家さんお市様と結婚すんの⁉
勝家　……。

恥ずかしそうに頷く勝家。

利家　何だお前、知らなかったのか？
藤吉郎　当たり前だろ！　家康、知ってたのか？
家康　ああ。
藤吉郎　そうなの！　知らないの俺だけ⁉　何だよ、勝家さんよかったじゃない。
勝家　あまりはしゃぐな。殿の妹だ。厳粛に受け止めなければならん。
藤吉郎　何言ってんだよ、勝家さん嬉しくないの？
勝家　……嬉しいかと嬉しくないかと聞かれれば、嬉しいと言おう。
藤吉郎　滅茶苦茶嬉しいんじゃん。隠すなよ。
勝家　まあまあまあ。ほら、上総が来るから……ね。
お濃　そうだ。さあ、奥で上総が待ってる。さんざん待たせてる。機嫌は最悪と言っていい。気合い入れろよ。

全員　ハッ！

そこに大きな掛け声と共に男が入ってくる。
驚く織田軍団。
男の名は、長宗我部元親。

長宗我部　ここにいんのか!?　信長の野郎はよ。
藤吉郎　お前!?
長宗我部　何だお前、逃げ帰ったと思ったらここにいたのか？
藤吉郎　貴様！

藤吉郎、長宗我部に斬り掛かる。
長宗我部は軽くあしらい、

利家　こいつは!?
藤吉郎　何言ってんだ！　四国の長宗我部元親だ！　何でこいつまで。
勝家　こいつもか!?

藤吉郎の喉下に刀を突きつける長宗我部。

藤吉郎　くそ!!
長宗我部　お前に用はねえんだよ。信長出せ。斬り殺してやるからよ。
お濃　下郎、騒ぐなら後にしな。城が汚れるんだよ。
長宗我部　……下郎かどうかやってからにしな。何ならお前ら全員先にやってやるからよ。
勝家　利家!!

勝家・利家に槍を渡す。
長宗我部と利家が斬り合う瞬間、足利義昭登場。

義昭　やめておけ。
長宗我部　……将軍!?
義昭　俺が号令出してんだ。信長の命でな。反旗を出すか?
長宗我部　いえ、しかし……。
義昭　黙ってろ。後でお前の時間はやるからよ。今やるんなら全国敵に回すぞ。
長宗我部　……。
お濃　おっさん、本当に偉かったんだね……。
義昭　さあ、天下の号令をかけてやる。私が将軍足利……

突然雷鳴が響く。
織田家一同、瞬時に姿勢を正す。

義昭　えっ!?
お濃　来るよ!!　気合い入れな!!　第六天魔王・織田信長だ!!
全員　ハッ!!

舞台上の屏風がゆっくりと上がっていく。
シャチホコの形を模した玉座に、織田信長が座っている。
緊張する織田軍団。

信長　……長くねえか？　ここまで、待ちが長すぎやしねえか？
お濃　……やっぱり。
勝家　殿！　柴田勝家！
藤吉郎　木下藤吉郎！
前田　前田利家！
家康　徳川家康！
全員　参上つかまつりました!!
信長　御苦労。ずっとこのシャチホコに乗って待ってたぞ。この屏風、なかなか上がっていかねえからよ。お前、俺、袖でおもちゃに乗った子供みたいになってたぞ。

お濃　……もういいだろうが。

信長　シャチホコで、勝ち誇る。

全員　……。

信長　……ほら、笑いのキレもいまいちだろうが。責任取ってもらうぞ！

刀を抜く信長。

織田軍団は慌てて、

藤吉郎　と、殿！　ちょっと待って下さい！　面白かったです、面白かった！　なあ！

無理に笑う織田軍団。

信長は刀を納め、懐から花を取り出す。

信長　花が、しゃちほこる……。

無理に笑う織田軍団。

信長　今のはギャグじゃねえよ。

刀を抜く信長。

全員　うわあ!!
長宗我部　お前ら何やってんだよ！　しかとしてんじゃねえよ!!
信長　……誰だ？
長宗我部　てめえが信長かよ。うつけってのはあながち嘘じゃねえな。
信長　ゴリ。
長宗我部　ああ　何だゴリって。
信長　お前なんとなくゴリっぽいじゃねえかよ。今日からゴリだ。
長宗我部　ふざけんなよ！　俺は……
義昭　四国の長宗我部元親だ。信長、あんまり牽制してやるな。元親、お前も同じだぞ。
信長　で、何でそのゴリがここにいんだ？
長宗我部　長宗我部だ！　てめぇが呼んだんだろうが!!
信長　お濃、お前が飼ってんのか？
お濃　いや。
長宗我部　人の話聞いてんのかよ！　長宗我部元親だ義昭殿、いくらあなたの命でもこれ以上は許しませんよ。
義昭　信長、とりあえずゴリって言うのはやめておけ。穏便にしよう。な。

信長　ゴリラ。
長宗我部　くっ！
信長　お前ら、あれが人間の先祖だ。敬え。
全員　はい。
長宗我部　貴様――――!!

長宗我部、信長に斬り掛かる。
玉座から煙が吹いて長宗我部を襲う。
驚く長宗我部。
その隙に織田軍団が、刀で長宗我部を囲む。

長宗我部　くっ……。
信長　殺せ。

刀を振り上げた瞬間、謙信登場。

謙信　待てよ上総。そりゃルール違反じゃねえか？
信長　上杉のおっちゃんじゃねえか。
謙信　つまらんだろうが、それじゃ。なあ勝頼。

武田勝頼登場。

勝頼　いいんじゃねえか。こんな所で殺される奴が四国のトップとも思えんが。

謙信　お前頭固いな。親父と違って。上総、俺らも来てやったんだ。話ぐらいしようや、ねえ将軍。

義昭　そうだな。信長、やめておきなさい。

信長　……はずせ。

全員、長宗我部から刀をはずす。

長宗我部　……貴様。

信長　揃ったか。お濃、出て行け。

お濃　馬鹿な事言ってんじゃないよ。

信長　行け。

お濃を睨みつける信長。

勝家が制する様に、駆け寄る。

お濃　……。

勝家　お濃様……。

お濃、無言でその場を後にする。

信長　では、始めるとするか。楽しい祭りになりそうじゃねえか。者ども、道中御苦労であった。
　フロイス！

音楽。
一人の男が両手に宝箱を抱え、登場。
男の名は、ルイス・フロイス。
フロイスは宝箱を舞台前方に置き、厳粛に胸の前で十字をきる。
緊張する一同。

フロイス　コンニーチハ。フロイスでーす！

呆気に取られる全員。

フロイス　ホワット!?　ホワット!!
藤吉郎　……殿、誰なんですか？　この明らかに胡散臭い奴は。

フロイス　コンニーチハ！　フロイスでーす！
藤吉郎　うるせえよ！
フロイス　ホワット⁉
家康　殿！
信長　……フロイス、ベリーグッド。
フロイス　オー。
藤吉郎　グッドじゃないですよ‼　こいつは何なんですか⁉
信長　しょうがねえだろ。ここに来て日が浅いんだ。許してやれ。フロイス、ヒーイズスシ。
フロイス　ユースシ？
藤吉郎　んなわけねえだろ‼　殿、嘘教えないで下さい！
信長　冗談のわからん奴だな。この猿は。
フロイス　そうですね。
藤吉郎　しゃべれんじゃねえかよ‼
フロイス　ホワット？
藤吉郎　……むかつく……。
義昭　信長、こいつが何の関係があるのか説明してもらおう。私の存在がどんどん薄くなっていく。
勝家　わかる‼
武田　俺らも暇じゃねえんだよ。それとも今ここで戦がやりてえのか？
謙信　そう言うな。上総、話してみろよ。

信長　……こいつから面白いゲームを聞いてな。やりたくなった。
長宗我部　ゲームだと！　そんな暇があるか⁉
信長　なければ作れ。俺はやりてえんだよ。ヒーイズゴリ。
フロイス　ゴリ！
長宗我部　貴様何度も……
勝頼　だったらさっさと説明しろ！　てめえみたいな奴といると吐き気がするんだよ。

信長は勝頼を睨みつけた後、二倍の速度で、

信長　ゲームってのは宝探しの事でみんなで一生懸命にその宝を探そうって言う事を提案したんだけれどもこっから……
義昭　早すぎだろ！
信長　だってこいつがさっさとって言うからだろうが。ヒーイズブロッコリー。
フロイス　ブロッコリー！
勝頼　誰がブロッコリーだ!!
フロイス　ヘルシー……。
勝頼　うるせえ!!
義昭　まあ限度があるからね。わかりやすく、簡潔にいこう。
信長　しょうがねえな。勝家、配れ。

勝家　あ、はい。

勝家、上演チラシを全員に配る。

利家　殿、何ですかこれは？
信長　チラシだ。
家康　うん。それはわかってるんですけど、
信長　まあ読め。全員で。

チラシを読む全員。

信長　つまりはまあそういう事だ。
義昭　簡潔すぎませんか？
勝頼　くだらん！

勝頼、チラシを破り捨てその場を去ろうとする。
止める義昭。

義昭　勝頼！

勝頼　将軍、いつまでも気取らんで下さい。あなたの時代はもう終わったんですから。権威など、怖くはありませんよ。
義昭　貴様……。
勝頼　信長、戦がやりてえんなら直接甲斐に来い。お前の余興に付き合ってる暇はねえんだ。
謙信　勝頼、頭固いって言ってんだろ。楽しむ事も戦国の世には必要だぞ。
勝頼　知った様な口を聞くな。あんたとの戦も終わってないんだ。次の川中島で終わらせてやるよ。次は俺でな。
義昭　勝頼。
信長　構わん。俺は信玄の親父と遊びてえんだよ。こんな阿呆は知らん。
勝頼　……何だと？
信長　誰だお前？　知らんが。誰なんだ？

刀を抜く勝頼。
信長は気にも留めず、

信長　答えになっとらんぞ。誰なんだお前は？
フロイス　……ヒーイズブロッコリー。
信長　グレート！

勝頼刀を抜いて信長に向かって行く。
謙信その刀を諫め、

謙信　やめておけ！　つまらん戦は為にならんぞ！
勝頼　邪魔をするな！
謙信　お前が言ったんだ。川中島は終わってないんだろ。ここでお前に死なれたらつまらねえんだよ。
信長　いいじゃねえかこんな阿呆が死んだ所であのはげ親父は悲しみやしねえよ。
勝頼　信長!!
信長　生意気だぞお前。

刀を抜く信長。

謙信　上総!!　やるんなら楽しくやろうぜ。天下くらい懸けてもいいんじゃねえか？　それだったらこの越後も参加してやろう。
信長　……おっちゃん、本当だろうな。
謙信　勝頼、どうすんだ？　信玄に手土産持って帰るのもお前の器量一つだぞ。
勝頼　……。

勝頼、刀を納める。

信長　では国でも懸けてやろうじゃねえか。それも一興だなフロイス。
フロイス　イエス。
信長　手土産だ、持ってけ。

信長軍が一斉に二人に襲い掛かる。
長宗我部がそれを刀で受け止め、はじき返す。

長宗我部　忘れてもらっちゃ困るんだよな。四国も参加させてもらうぜ。
謙信　さすがは虎だな。
長宗我部　お前らに一つ教えてやるよ　……あそこからプシュって出るからな。気をつけて！
勝頼　知ってるよ。
信長　面白くなりそうじゃねえか。ではルールを説明しよう。フロイス！
フロイス　イエス。

雷鳴が鳴り響く。

フロイス　天より縛られし月が満ちるその時こそ、このゲームの始まりとしよう。欠ける事のない月を手に入れた者こそ、この宝箱を開けるべく選ばれし者。これはゲームである。そして、物語である。

全員が刀を抜く。
礼を正し、宝箱を見つめる一同。

謙信　中々凝ってるなあ、上総。
信長　当たり前だ。どうせやるなら派手にいこうじゃねえか。後見人はどうした?
フロイス　後見人は、室町十五代将軍足利義昭。

足利義昭が舞台中央に立つ。

義昭　このゲーム、私が預かった!　戦国の世をしっかりと見届けてやろうじゃないか!

義昭は刀を抜き、宝箱を斬りつける。
微動だにしない宝箱。

義昭　やはりな……。だから宝刀だって言うんだろ。
信長　わかってるじゃねえか。

フロイス　まず刀を集めなさい。選ばれし猛者どもの刀を。さすれば宝箱はおのずと目の前に現れるでしょう。
義昭　力をつけろって事だ。猛者を気取るならそれなりのもん見せてもらわんとな……。そうだろ第六天魔王信長よ。
信長　お前いいいな。決めてくれるよ。誰だ？

驚く全員。

義昭　……はい？
勝頼　お前知らないのかよ⁉
信長　知らんぞ。
義昭　あのね……知り合いでしょ。さっきから私の言う事ちゃんと聞いてたじゃない。
利家　そうですよ殿。
信長　いや、知らん。
義昭　そんなわけねえだろ！　あのなぁ、君が上洛させたでしょ、私を。君が将軍にしたんだよ！そうだったでしょ⁉
信長　知らん。そうだったか勝家。
勝家　覚えてない！
義昭　何で……何で？

信長　いいよもううるせえな！　お前が義昭でいいから、そこでほうき掃いてろ！
義昭　は、はい……。

勝家が義昭にほうきを渡す。
舞台を掃除する義昭。

信長　続けるぞ。
フロイス　七日の月をもってこれを終わりとする。宝刀をもって宝箱を開けよ。
信長　宝刀を掲げよ！

全員、宝箱の前に歩み寄り、刀を掲げる。
謙信は仕方なく、懐から「ほうとう」を取り出し、同じ様に掲げる。

利家　……あんた。
謙信　……すいません。

義昭もほうきを同じ様に掲げる。

義昭　……すいません。

信長　始めるぞ

突然の音楽。
一斉に全員が斬り合いを始める。

長宗我部　信長、てめぇも参加するんだろうな？
信長　当たり前だ。俺がやらんで誰がやる。
長宗我部　だったら忘れんなよ。仮は二倍にして返すからな。
勝頼　まず俺んとこに来いよ。面倒くさいのは嫌いだからな。
謙信　上総、俺はゆっくりとやらせてもらうぞ。あまり若くはないんでな。
フロイス　繰り返す！　これはゲームである。そして、物語である。
義昭　名前ぐらい決めようや！　派手にやるんならな。
信長　その通りだ。決まってるぞ。
フロイス　ガーネット・オペラ！

信長が刀を抜き、襲い掛かる。
謙信・勝頼・長宗我部は間一髪でかわし、その場を足早に退場。
義昭も信長を睨み、退場。

77　ガーネット オペラ

藤吉郎　すげえ……すげえ事になった。
利家　殿、我らも力を貸します。奴らをやりましょう！
家康　武田です。殿が自ら動いてくれれば必ず甲斐は落ちます。逆転出来ますよ。
信長　何言ってんだ。お前らもやるんだよ。
藤吉郎　は？
信長　折角の祭りだぞ。お前らもやらんとつまらんだろうが。
家康　ちょ……ちょっと、何言ってるんですか？　これは天下布武の為の布石では……
信長　ゲームだよ。勝家、伝えてねえのか？
勝家　えっ……伝えたよ。なあ。
信長　なら問題ねえだろ。
利家　殿、馬鹿な事言っては困ります。この大事な時に。
信長　いいじゃねえか。たまには必要だろ。
利家　勝家さん！
勝家　上総……今は……
信長　お前の結婚式の為の余興だよ。やれ、いいな。
藤吉郎　殿、そんな事言ったって無理ですよ。俺らが敵うわけない。だって殿も参加するんですよ。
信長　だったら今すぐ出て行け。全て捨ててな。

驚く織田軍団。

勝家　上総……。

藤吉郎　殿……そんな……

フロイス　あなた方は充分に資格を持っています。今日の織田軍団は嘘ではありません。あなた方の力でもあります。

家康　そんな事言ったって……。

フロイス　彼の意思です。この月を胸に刻みたいと。

信長　……。

利家　殿、それはどういう意味ですか？

信長　深い意味はねえよ。

利家、信長のもとまで歩み寄り、

利家　殿、質問の答えになってない。どういう意味かと聞いてるんです。

家康　利家、そんな口の聞き方したら……

利家　構わん！　殿、今は天下布武の為の大事な時期です。ここまでやってきた事を中途半端にするのは納得がいきません。真意を教えて下さい。

近づく信長。

緊張する利家。
信長は笑いながら、

信長　そんなに深く考えんじゃねえよ。お市の結婚式だ。かわいい妹の為に活気づかしてやりたいんだよ。それにお前ら、たまには刺激し合わねえとつまらんだろうが。教えてやれよ、全国にお前らの強さをな。
利家　殿……。
信長　たまには俺の鼻を明かして見せろ。そうじゃないと俺もつまらんぞ。これだけでやる理由にはならんか？　猿。
藤吉郎　あ、いえ……。
信長　家康、徳川三百年は絵空の夢か？
家康　そんな事は……ありません。
信長　楽しんでやってみろ。こんなチャンス滅多にないぞ。隣の奴の覚悟を見れるのはな。宝獲れたら、認めてやるよ。
勝家　上総……。
信長　いいなフロイス。
フロイス　イエス。神は見ていますよ、あなた方を。
信長　今すぐ始めようじゃねえか。お前らへのハンデだ。宝は目の前にあるぞ。誰が俺の鼻を明かすのか楽しみだ。

フロイス　刀を揚げなさい。それをもって、スタートとしましょう。

全員、刀をゆっくりと宝箱に掲げる。

信長　楽しめよ。但し、本気でな。

一斉に宝に向かって動き出す織田軍団。
信長、突如刀を抜きそれを受け止める。
驚く一同。
信長は、藤吉郎を斬りつける。

藤吉郎　殿⁉
信長　聞いてなかったか？　俺は本気でやれと言ったんだ。

信長が一同に襲い掛かる。
斬りつけられる織田軍団。

勝家　利家！
利家　無理です。俺達に敵うわけないじゃないですか！

信長　そういうしみったれた所がいらないんだよ。

次々に斬りつけていく信長。

フロイスはそれを楽しそうに見つめ、

フロイス　始めなければ奪われて、始めれば斬られる。あなた方も大変ですね。

家康　黙ってろ！

フロイス　私も、楽しみですよ。

フロイスは宝箱を手に取り、その場を退場。

信長の前で一歩も動けない織田軍団。

勝家　家康、半蔵を呼ぶんだ。いいな？

家康　しかしあいつが来た所で……

勝家　ひとまずは逃げるんだよ！　いいな！

利家　そこまでは俺がやってやる。猿、力貸せ。

信長に斬り掛かる利家と藤吉郎。

信長は軽く受け止め、

信長　人に頼るな。己でやれよ。お前らの覚悟はそんなもんか？

二人の刀をはじき返す信長。

信長　てめぇらの宝は何なんだ？　くだらんものなら破壊してやる。
藤吉郎　殿!!
利家　行けー!!

全員で信長に襲い掛かる。

家康　半蔵!!

家康の言葉と共に半蔵登場。
煙玉を床に投げつける。
音楽。
松任谷由美の「守ってあげたい」に合わせ、スローモーション。
半蔵を追う信長。その隙に逃げる織田軍団。
信長を残し、全員退場。

落ち込む信長。
そこにお濃が入ってくる。

お濃　くだらない事やってんじゃないよ！
信長　……ここで死なれたら困るんだよ。
お濃　上総……何をする気だい？
信長　聞いてたのか？
お濃　……まあね。
信長　ゲームだよ。言った以外の事はない。お前は口を挟むな。
お濃　……。
信長　お市が寂しがってるだろ、話を聞いてやれ。
お濃　女は戦に出るなって事か？
信長　そうだ。お濃……光秀はどうした？
お濃　あんたの尻拭いで大変だろうが。こんな事始めて誰が天下布武を進めるんだよ。
信長　あくまでやらんかあいつは……。
お濃　当たり前だろ。
信長　……つまらんなそれじゃ。あいつがいないとつまらん。
お濃　……上総……私では駄目か？
信長　何を言ってる。

お濃　光秀の分、私が参加してやる。お前を、楽しませてやれるぞ……。
信長　馬鹿な事を抜かすな。
お濃　何でだ？　私をなめるな。美濃で私に敵う男などいなかった。お前も知ってるだろ？
信長　昔の話だ。
お濃　上総。
信長　お濃、戻れ。お前に死なれたら俺の顔が立たん。
お濃　……そんな気づかい余計だよ……私が一番欲しいのは……
信長　邪魔だぞお前。
お濃　……

そこに、宝箱目掛けて真田幸村が飛び込んでくる。
宝箱を斬りつけようとした瞬間、信長がはじき返す。
慌てて飛びのく幸村。

幸村　やっぱり無理でしたか……。
お濃　お前!?
幸村　お取り込み中でしたら、申し訳ない。天下の織田信長にどうしても一目会いたくて。
信長　……下郎に忍び込まれるとはこの安土もまだまだ足らんな。
幸村　真田幸村と言います。今は武田の人質ですが、いずれ天下を獲るつもりです。

信長　聞いとらんぞ。
幸村　私も参加させて下さいよ。そのゲーム！
お濃　何言ってんだお前⁉
幸村　駄目ですか⁉　織田信長殿！　この真田も参戦させて欲しい。この宝を開ければ、認めてもらえるんですよね。あなたに。
信長　何故貴様がそんな事を抜かす？
幸村　戦では効率が悪いですからね、この方が早いでしょ。天下を獲る布石には。
お濃　お前、殺されるぞ。
幸村　わかってます。だが、ここでやらなきゃ、この御方に全て奪われる。いかがですか⁉　信長殿、参加させて下さい、この真田、一世一代の賭けです‼
信長　面白い。
幸村　本当ですか⁉

幸村が油断した瞬間、信長が幸村の頬に刀を突きつける。

信長　なら、ここで死ぬのも覚悟してるんだろうな。
幸村　ちょ……ちょっと……。
信長　言う前にやれ。口に出したならすぐ片付けろよ。
お濃　上総、やめな。だったら私がこいつにつく！

驚く信長。
お濃は幸村の手を引き、

お濃　いいだろ。これで私も参加出来る。こいつ斬るんなら、この場で私も斬りな。
幸村　でも……。
お濃　問題あるか、上総。
信長　駄目に決まってるだろうが。
お濃　嫌だね、私もやるよ。こいつには借りがあるんだよ。そうだよな?
幸村　えっ……まあそうだけど、でもあんた……
お濃　いいからお前からも頼みな。やりてえんだろ。
幸村　はい!
お濃　上総!　私は参加するぞ、それが私の覚悟だ。

信長を睨みつけるお濃。

信長　……遊ぶ程度だ、お濃、いいな。
お濃　わかった!

喜ぶお濃と幸村。
信長はその場を去ろうとする。

お濃　待て上総。お前は何処へ行くんだよ？　あんたは宝の前にいるんじゃないのかい？
信長　俺も探さなきゃ、つまらん。手始めにあいつらの宝を全て奪ってやろう。
お濃　上総……。
信長　本気ってのはそういう事だ。
幸村　……すごい。
信長　まずは……家康だな。
お濃　……無理だ。あの子があんたに敵うはずない。
信長　だからやるんだよ。
お濃　何故あの子なんだよ⁉　上総……。
信長　あいつは埋蔵金を持っている。
お濃　あんた……信じてたのか？
信長　糸井重里に聞いたから間違いねぇよ。
お濃　上総……たぶんないぞ。
信長　ある。
幸村　楽しみですねぇ。
信長　お前……お濃に何かあったら殺すぞ。覚えておけ。

信長はその場をゆっくりと去っていく。
退場。

お濃　……。

幸村　こわ！　愛されてますね、お濃様。

お濃　そんなんじゃない。あいつは私に興味なんかないよ……。

幸村　……どういう事ですか？

お濃　……。

お濃もまた信長と別の方向へ歩き出す。

幸村　ちょっと、何処行くんですか？

お濃　馬鹿言うんじゃないよ。私が本気であんたなんかにつくと思うか？

幸村　ちょっと……。

お濃その場を去っていく。
一人になる幸村。

幸村　敵うわけない相手がいるってのは、楽しいねぇ。

笑う幸村。

お濃を追いかけ、その場を後にする。

舞台ゆっくりと暗くなっていく。

ACT 3

場面変わって安土城前。
時刻は夕方へと変わっていく。
一人の女が空を見上げ、座り込む。
女の名は、お市。

お市　……。

静かに空を見上げるお市。
そこに通りかかる八重。
お市を見つけると、

八重　どうしたんですかお市様。ぼーっとして……。
お市　……月を見てたのよ。
八重　月?

お市　私ね、夕方に見える月が好きなのよ。少し可哀想な感じがして。
八重　……どうしてですか？
お市　これから光を照らさなければいけない。みんなが綺麗だって言うから……。本来の姿は、あれかも知れないのに……。
八重　へえ……そんな事考えた事なかった。
お市　なんとなくよ。気にしないで。

八重は思い出した様に、

八重　あ！　お市様、マリッジブルーって奴だ。そうですね⁉
お市　何処の言葉よ？
八重　南蛮です。そう言うんですって。結婚する前に少し憂鬱になるんですよ。女の人は。
お市　そうなの。
八重　はい。お市様もそれなんじゃないですか？
お市　そんな事ないわよ。だって私二度目だもの。
八重　え⁉　そうなんですか？
お市　そうよ。あなたがここに来る前に、一度ね。昔の話よ。
八重　……ごめんなさい。私、余計な事を……。
お市　いいのよ。気にしないの。

八重　どうして……お別れになったんですか？

お市　……色々あったのよ。私十七の時に兄さんの言うままに嫁いだでしょ。何もわからないまま気がついたら相手の目の前に立ってたから。それから色々……ことは全く違う生活ね。優しい人だったわよ。

八重　……。

お市　あ、これから嫁ぐ女の話じゃないわよね。勝家様も優しい人よ。ぶっきらぼうだけどね、ちゃんと考えてくれてる。私が子供の頃から面倒見てくれてたんだから。相手があの人でよかったって思ってるわ。

八重　はい。

八重もお市と同じ様に月を見上げる。
少しの静寂が流れる。

八重　……いいなぁ、結婚するって。

お市　八重はいないの？

あからさまに動揺する八重。

八重　わ、私にはまだ先ですよ。そんな相手もいないし。

お市　そんな事ないわよ。言ったでしょ、十七の時だったって。
八重　でも……現実味ないです。したい人はいるけど……
お市　……そうなの。藤吉郎？
八重　何でですか!?　嫌ですよ！　あんな馬鹿猿！

そこに光秀が入ってくる。

光秀　お市様。ここにいらっしゃいましたか。
お市　光秀。
八重　あ……。

八重は恥ずかしそうに、席を外す。

光秀　何だ、八重もいたのか。それなら安心だな。
八重　あ……はい。
お市　あなたも私が逃げ出すとでも思っていたの？
光秀　いいえ、そんな事は。
お市　だったらどうして？
光秀　はい。実は……結婚の儀には出られそうにありません。それを謝りたくて。

八重　……光秀さん、どうして？
光秀　石山本願寺が一揆を起こしました。また鎮圧しなければなりません。
お市　本当ですか？
光秀　はい。大変な時ですから、私が行って参ります。
八重　……光秀さん。
光秀　大丈夫だよ、大した事ではないから。あなたの花嫁姿を是非見たかったんですが、申し訳ない。
お市　……兄さんは……大丈夫でしょうか？
光秀　何がですか？
お市　だって……恨まれていると思います。だからもし……。
光秀　お市様、それくらいで呪い殺される様な方なら、とっくに死んでますよ。
お市　……。光秀、あなたに迷惑をかけます。出来ればあなたで穏便に済ませて下さい。あの人はまたひどい事をしますから。
光秀　わかってます。八重、しっかりと頼むぞ。織田家の盛大な婚礼だ。
八重　はい！　光秀さんは……あの……
光秀　どうした？
八重　あ……いえ……光秀さんは好きな人……

そこに藤吉郎が駆け込んでくる。

藤吉郎　光秀さん！　光秀さん！
八重　……。
光秀　猿。うるさいぞ。お市様の前で。
藤吉郎　あ！　すいません！　でもそんな事言ってる場合じゃないんですよ。聞きましたか⁉　殿が……
光秀　ゲームの事だろ。知ってるよ、何とか助かったみたいじゃないか。
藤吉郎　知ってんなら何で助けてくれないんだよ！　大変な事になってるんですよ！
光秀　まあ頑張れ。ここでやられる様じゃ、殿にとっていらんって事だろ。
藤吉郎　ずりいよ！　そうやって自分は参加しないでさー！　やればいいじゃんか‼
光秀　あのな……お前らが遊んでる間、誰が天下布武を進めるんだよ。こっちの身にもなれよ少しは……。
お市　……そうよ、藤吉郎。大変なんだから。

藤吉郎はごまかす様に、

藤吉郎　あ！　お市さん、ご結婚おめでとうございます！　聞きましたよ。いいんですか、あんなおっさんで。やばいですよ、おっさんですよ。
光秀　おい。

お市　素敵な人よ。
八重　光秀さん、あの私……
藤吉郎　おお！　八重！　いつ見てもちっこいなお前！　元気かよ！
八重　うるさいわね！　黙っててよ。
藤吉郎　何だその態度はよ！　ああ‼
光秀　仲良くしろよ。お市様、それでは……。
お市　くれぐれも気をつけて。
光秀　はい。

光秀、退場。

八重　あ、光秀さん……。
藤吉郎　あれ……何処行くの光秀さん。
八重　うるさい！

藤吉郎を叩く八重。

八重　もう……。
藤吉郎　痛えなあ！

お市　藤吉郎、光秀が無理しすぎない様に、兄さんを守ってあげてね。きっと色々な人に恨まれてるだろうから。

藤吉郎　え……もちろんですよ。

お市　ありがとう。

藤吉郎　大丈夫ですよ、それにあの人ずるいですよ。格好つけてさ。いつも殿の近くにいて相談されちゃって……そう思いません？

八重　あんたより全然いいわよ。

藤吉郎　うるせえ。俺に任せてくれれば大丈夫ですよ。誰に恨まれようがね、この藤吉郎がばしっと決めてやりますから……。

お市　例えば……私でも？

驚く藤吉郎。

藤吉郎　え？

お市　冗談よ。八重、先に行ってるわね。

お市は微笑み、その場を後にする。

その後姿を見つめる藤吉郎と八重。

藤吉郎　何だ？　あれ……。
八重　ねえ、お市様の前の結婚相手って知ってる？
藤吉郎　ん？　……ああ。浅井長政の事だろ。
八重　どうして別れたの？
藤吉郎　……殺されたんだよ、信長様に。
八重　……本当に？
藤吉郎　あ、お前誤解するなよ。裏切ったんだよ、殿をさ。だから斬ったんだ、当然の事だろ。
八重　……そっか。お市様も、大変だね。
藤吉郎　お前が心配したってどうこうなるもんでもねえだろうが。いっちょまえに。
八重　うるさいわね。あんたさ、あんまり私に近寄らないでくれる？
藤吉郎　何で？
八重　汚いから。
藤吉郎　なっ！　八重！　待て！　八重!!

八重、その場を走り去り退場。
藤吉郎も懸命に後を追いかけ、退場。

★

場面変わって、京都・足利御所。
義昭が真剣な表情で、中央に立つ。

義昭　勅命だ。揃ってるんだろうな　我が内裏の前で名乗りをあげよ！

音楽。

長宗我部がゆっくりと入ってくる。

義昭　四国！

長宗我部　長宗我部元親！

勝頼がゆっくりと入ってくる。

義昭　甲斐！

勝頼　武田勝頼。

謙信がゆっくりと入ってくる。

義昭　越後！

謙信　上杉謙信。

義昭　御苦労であった！　足並み揃えてくるとは、お前達も口だけではないな。

勝頼　私らも暇じゃないんだ。将軍、用があるなら手短かにしていただきたい。
義昭　わかってるよ。元親、ゲームは進んでいるか？
長宗我部　手がかりもないんじゃ見つかりようもないと思いますが。
義昭　勝頼はどうだ？
勝頼　甲斐に来るならいつでも相手にしますが、出向いていく程のものでもないと思うんでね。
義昭　しごくもっともだ。謙信は？
謙信　私はゆっくりとやると言いましたよ、将軍。
義昭　そうか。お前達の言い分もよくわかる。が、それじゃこの物語は面白くならんだろう。
長宗我部　というと？
義昭　私もゲームに参加したいんだよ。どうせならな。
勝頼　あなたに務まると思いませんが……。
義昭　だからお前達を呼んだんだ。このガーネット・オペラの幕引きに参加する為にな。
長宗我部　何故俺達が関係あると？
義昭　勅命だ。織田信長を討て。

驚く謙信・勝頼・長宗我部。

義昭　お前達へ直々にだ。あいつの首を掻き斬れ。
謙信　……将軍、これはゲームですよ。

義昭　わかってるよ。しかし謙信、あいつがいる限りお前の天下は来ないぞ。違うか？
謙信　さあ、どうでしょう。
義昭　来ないよ。来るわきゃねえんだ。だから歴史を早めてやろうと思ってんだよ。織田信長、身から出た錆だ。悪くはないだろ。どうだ、元親。
長宗我部　将軍、どうせやらない限り、天下人の座はくれないんだろ。だからこその勅命だ。
義昭　……まあな。
長宗我部　だったら当然の事！　あいつには借りがあるんでな。
義昭　それでいい。後日最初の場所はこちらから下す。いいか、あくまで最後はこの私だ。それをくれれば、望みどおりの天下をやろう。
長宗我部　……将軍。その言葉、忘れるなよ。

長宗我部、退場。

謙信　ゲームだって言ってるのになあ……。
勝頼　何故勅命まで下すんですかね？　俺らは束にならんとあの男に勝てないと言いたいか？
義昭　そうじゃねえよ。いきるな勝頼。

義昭、懐から矢を取り出し、

勝頼　三本の矢、こういうことわざがある。一本の矢ではいくら強かろうともいつかは折れてしまう。しかし、その矢が三本重なれば折れん。それもお前達程の矢となれば尚更だ。うつけ如きには折れんよ。

謙信　信長包囲網ですか。うまいね将軍。

義昭　この三本の矢が重なる時、おのずと天下は見えてくるだろうな。

信長登場。
義昭の矢を奪い、折る。

義昭　あ……。

信長　……。

義昭　……怒らないでね。ごめんね。

信長退場。

義昭　……と、いう様に私がことわざを嫌いなのはよくわかってくれたと思う。

勝頼　将軍!!

義昭　いいね、やってくれよ。

義昭、逃げる様に退場。

勝頼　……あれが室町幕府かよ。
謙信　どうすんだ？　勝頼。
勝頼　何がだ？
謙信　勅命が下った以上、やらんと俺らも逆賊になるぞ。
勝頼　お前に話す事でもないだろ。
謙信　また親父に相談すんのか？　いい加減やめとけって。お前乳離れした方がいい。うまい。
勝頼　黙ってろ。
謙信　ゲームだぞ。参加するのはお前だ。信玄じゃない。
勝頼　……上杉。
謙信　俺は待ってんだ。川中島をな。その為だったら何だってしてやるよ。勝頼、手始めに俺らの地でやってみようや。ガーネット・オペラって奴をな……。
勝頼　……お前が俺を相手にするんなら、やってやるよ。

勝頼、足早に退場。

謙信　ひねたガキだねぇ。そう思いませんか？　将軍。

ゆっくりと義昭が出てくる。

義昭　謙信、大丈夫かねあの男は。
謙信　やる時はやる男ですよ。
義昭　私は心配だよ。何か全ての奴らが敵に思えてくる。
謙信　そういうゲームなんでしょ。それに、あなたが信用しないからですよ。私達を。
義昭　何で？
謙信　違いますか？　信長包囲網の最後は俺らじゃない。わかってますよ。
義昭　……狂った奴には狂った集団の方がいいと思ったんだよ。そんなに責めないでくれよ。
謙信　いいんじゃないですか。さあ、どう出ますかね、石山本願寺は……。

舞台、ゆっくりと柱が下りてくる。
義昭・謙信、前方を見つめ退場。

★

場面は夜へと変わっていく。
摂津・石山本願寺。
明智光秀が入ってくる。

光秀　我が名は、明智十兵衛光秀である。本願寺に話があって参った。顕如殿にお会いしたい。繰り返す、本願寺に話があって参った。顕如殿にお会いしたい。

僧兵達がゆっくりと現われる。

光秀　……刀を持った僧など、聞いた事はないぞ。

僧兵　極楽浄土に連れてってやる。

襲い掛かる僧兵達。

光秀は、一刀のもとに僧兵を斬り捨てる。

光秀　悪いが、そんな場所には興味はないんでな。

一人の女が入ってくる。

女の名は、煕子。

煕子は僧兵達を諌め、

煕子　出ていきなさい！　ここは、あなたの様ならず者が来る所ではありませんよ。

光秀　……。

煕子　聞こえませんでしたか？

光秀　私はならず者ではありませんので。それよりも、話も聞かずに襲い掛かる修行僧について聞きたいのですが。
煕子　それは……。
光秀　いきなり押しかけた事について非を言われるのならば、これでなしにしていただけますか？
煕子　……明智光秀殿、この本願寺に何用ですか？
光秀　聞こえていましたか？　それはありがたい。
煕子　あなたは有名ですので。殺戮軍団の中心ですものね。
光秀　そうですか。ならば話が早い。本日は我が主君、織田信長の命で参りました。顕如殿とお会いしたい。
煕子　顕如は留守です。ここにはいません。
光秀　……留守？
煕子　ここに現れようと無駄です。あなた達がうろつく限り、本願寺顕如は戻る事はありません。
光秀　……そうですか。
煕子　私達は話し合いに応じるつもりなどありません。比叡山の焼き討ちを忘れていませんので。あなた方は悪魔の軍団です。我が本願寺は、決して屈服しませんよ。
光秀　……。
煕子　本願寺門徒宗一万、いつでも出陣の準備は出来ています。どうされますか？
光秀　帰ります。また日を改めるという事で。それなら構いませんよね。
煕子　……いつ来ても同じですよ。

光秀　ではあなたの名を教えていただきたい。次はあなたに直接尋ねる事にしましょう。また襲われては敵いませんので。
熙子　……変わった人ね。
光秀　そうですか？
熙子　噂に聞いた明智光秀とは随分違うわ。
光秀　人から聞いた噂など、そんなものですよ。大事なのは、目で見る事。それが我が殿の教えです。

熙子、僧兵達を促して、退場させる。
周囲を見渡す光秀。

光秀　ここに咲いているのは、ざくろの花ですよね？
熙子　……そうよ。聞こえは悪いけど、綺麗な花よ。嫌いなの？
光秀　いや、思い出深い、大好きな花です。実をつけるまではね……。また来ます。

その場を去ろうとする光秀。
熙子が止める。

熙子　待ちなさい……。

光秀　何か？
煕子　……煕子よ。
光秀　ありがとう。では、また。

微笑む光秀。
煕子に一礼し、退場。
煕子もそれを見つめ、退場。

★

場面変わって安土城。信長がそこにいる。
フロイス登場。

信長　フロイスか。
フロイス　続々と集まってる様ですよ。甲斐と越後に。
信長　そうか。
フロイス　それは祝杯ですか？　あなたの思惑通りに進んでいる事に対しての……。
信長　進んでねえよ、埋蔵金が見つからん。
フロイス　オージーザス。しかし、あまりうかうかもしてられませんよ。続々とあなたの包囲網が生まれそうです。このゲームの最大のボスは、あなたなんですから。
信長　だからこそ面白い。そうでなきゃな。

フロイス　誰もが狙ってますよ。この物語の主役を。
信長　たくさんいすぎてお客さんもわからんだろう。そろそろふるいに掛けてくぞ。
フロイス　義昭殿の勅命も、最初から狙いですか。
信長　どうだろうな。お前はどう思う。
フロイス　さあ……しかし、派手にはやっていただきました。
信長　舞い好きとして負けてられんな。では、派手にいこう。
フロイス　……敦盛ですね。
信長　フロイス、お前にとっての宝は何だ？
フロイス　主の御心以外にはありませんよ。是非あなたにも、知っていただきたい。
信長　では今ここで雨でも降らせて見ろ。出来んものがある神などいらん。

扇を手にする信長。

信長　人間五十年　下天の内をくらぶれば　夢幻の如くなり　ひとたび生を得て滅せぬもののあるべきか

音楽。
音に合わせ、舞う信長。
見つめるフロイス。

舞台突然の暗転。

★

舞台明るくなると、幸村が郎党を斬り捨てている。

楽しそうに見つめるお濃。

お濃　やるね……いいじゃないか。

幸村　いえいえ。

お濃　たまにはやらせろよ。折角自由になったんだ。ここでやらない手はないんだよ。

幸村　お濃様、あなたの旦那さんは何がやりたいんですかね……。

突然の雷鳴。

雨の音が響いていく。

お濃　あいつ……。

空を見上げるお濃。

幸村　お濃様……。

お濃　敦盛を舞った……。幸村、あいつが何をしたいかはわからないけどね、本気だよ。

幸村　どうしてですか
お濃　……雨だからだよ。

強い雷鳴。
雨は豪雨になっていく。

お濃　鳴りやむかね。この雨は……。

お濃の見つめる先に、信長登場。
見つめ合う二人。
舞台ゆっくりと暗くなっていく。
暗転。

113　ガーネット オペラ

ACT 4

暗闇の中、雨の音が響いている。
明かりが灯ると、光秀が立ち尽くしている。
いつかの光景。
光秀が見つめている先には信長がいる。
雨の中、空を見上げている信長。
光秀は、その信長をじっと見つめている。

光秀　……。

信長が気配に気づき、後ろを振り返る。
慌てて隠れてしまう光秀。

信長　……いつまで隠れてるつもりだ。斬られたいか？
光秀　申し訳ございま……

光秀が出ようとすると、藤吉郎が飛び込んでくる。

光秀　え……？

驚く光秀。

信長の前で頭を下げる藤吉郎。

藤吉郎　すいません!!　あの、殿がいないと……みんなが探してらっしゃいましたので……。お戻りになられた方が……すいません！

信長　何故わかった？

藤吉郎　……はい？

信長　ここがだ。

藤吉郎　……いや、わかりません。だから、探して走り回りました。中々見つからなくて、さっきここへも来たんですが通り過ぎちゃったりして、すいません。

信長　……。

藤吉郎　殿……何を……されてたんですか？

信長　……。

藤吉郎　あ、余計な事を……すいません！　俺みたいな小僧が聞く事じゃありませんでした！　すいません！
信長　簡単に人に謝るな。つまらん男になるぞ。
藤吉郎　あ、はい……。殿……俺……感動しました……浅井長政様を討った事。お市さんは可哀想だけど……あれしかないから……それを決断出来る殿は……凄いです。本当に凄いです。俺には……出来ません……。
信長　……。
藤吉郎　殿……天下獲りましょう。もうすぐです。俺みたいな猿でも、命懸けますから。手伝わせて下さい。俺……本気です。
信長　……猿……お前は雨にうたれた事があるか？
藤吉郎　……え？
信長　雨だよ。
藤吉郎　今……うたれてますけど……。
信長　命懸けるってのはそういう事だぞ。本気ってのはそういう事だ。
藤吉郎　……殿……意味がわからないんですけど。
信長　考えろ。わからない事をすぐ認めるな。
藤吉郎　あ、すいません。
信長　謝るなって言ってんだろ。謝れ！
藤吉郎　どっちですか!?……殿はいつもこうだ。

ふてくされる藤吉郎。

信長　猿、手出せ。
藤吉郎　え？
信長　……いいから前に出せ。
光秀　……。

藤吉郎は手の平をゆっくりと空に翳す。
それを隠れながら光秀が見つめている。

藤吉郎　……こう……ですか？
信長　うたれてるか？　しっかりと雨……受け止めてるか？
藤吉郎　はい。
信長　受け止めてねえよ。上見ろ、上を。

藤吉郎は空を見上げる。

信長　どうだ？　猿、うたれてるか？
藤吉郎　当たり前ですよ。何言ってるんですか。

信長　ならば猿……上にあるのは国だ。
藤吉郎　……国？
信長　そうだ。てめえがこの世で一番欲しいもんだ。しっかりと見ろよ。
藤吉郎　はい！
信長　……そして降ってくる雨は……槍だ。お前がこの世で一番欲しい国から降ってくる幾千幾万の槍だ。
藤吉郎　……それは……。
信長　天下ってのは、そういうもんだぞ。
藤吉郎　殿……。
信長　……ほらやってみろ。幾万もの矢を受けながら……天下睨んでみろ。
光秀　……。

藤吉郎は襟を正し、もう一度手を空に翳す。

信長　見えてきたか？　猿……立ってられるか？
藤吉郎　……。
信長　立てるか猿？

藤吉郎は、息を堪えられなくなったかのように、手を投げ出し、座り込む。

藤吉郎　無理ですよ。そんなの無理に決まってるじゃないですか。

信長　本気ってのはそういう事だ。

藤吉郎　殿！　……殿はいつもこんな事やってるんですか？

信長　そんな暇じゃねえよ。

藤吉郎　やっぱり……天下獲れる人の言う事は違うなぁ。すげえ。やっぱすげえ。俺には到底思いつきません！

信長　だからお前は、猿なんだよ。そう思わんか、光秀。（笑）

驚く光秀。

藤吉郎　え⁉……あ、光秀さん！

光秀　殿……。

信長は微笑み、ゆっくりと退場。

藤吉郎は光秀に深々と頭を下げ、追いかけるように退場。

もう一度立ち尽くし、空を見上げる光秀。

★

入ってくる熙子。
場面は本願寺へと移っていく。

熙子　何をしているの？
光秀　これは熙子殿。雨……上がったようですね。
熙子　あまり出入りされても困ります。話し合いをする気などはありません。
光秀　申し訳ない、ただ……これだけの見事なざくろを見れる場所は、そうありませんから。
熙子　……。
光秀　この花は、雨上がりこそが一番美しい。知っていましたか？
熙子　……そうね。
光秀　やっぱり……。
熙子　短い命ですから……その花は、実をつけた瞬間に、赤が消えるわ。人が血を流すように……。だからじゃない？
光秀　……え？
熙子　あなたこの前言ってたわ……実をつけるまでは、大好きな花だって。
光秀　……ええ。だけど……それだけじゃないんです。小さい頃から何故か不幸な時にだけ、いつもこのざくろは実をつけてるんです。親父が殺された時も、戦で負けた時も……お袋が人質に取られた時も……ざくろの実は俺に教えてくれるんですよ。まるでお前のせいだと言うように……。
熙子　……そう。

光秀　だけど……言ってくれた事があるんです。殿が……。ならば光秀、これよりはざくろを祝えと、これを俺が宝に変えてやろうと……その時から、ここに一生足を止めようと思いました。生きてて……一番嬉しかった言葉です。

熙子　織田の良い所を伝えても……私達は騙されませんよ。

光秀　そう、見えますか？

熙子　いえ……。

光秀　時間が来れば帰ります。だからもう少しだけ、このざくろの花と過ごさせて下さい。

熙子　……。

立ち去ろうとする熙子。

立ち止まり、光秀を一瞬見つめる。

懐かしむように、思いふける光秀。

熙子、退場。

その場所に勝家が入ってくる。

光秀　これは勝家殿……どうしてここに？

勝家　どうしてここにじゃねえんだよ⁉　もうな、二部も始まってんだよ、他にする事あんだろうが⁉

光秀　何をですか？

勝家　挨拶に決まってんだろ!!　何をたらたらたらたらたら……ざくろざくろ。はい、綺麗だね、すごいね。何だよ……気がつけば目立ってきやがってるからよ……もう若干薄くなってんだろ俺が!!　出てけ!!　はよ出てけ!!
光秀　勝家殿？
勝家　早く行け!!　もう誰にも邪魔させん!!　いつか、いつかシャチホコに乗るんだ!!　出てけ!!

追い出される光秀。退場。

★
舞台天井からゆっくりと屏風が下りてくる。
ししおどしの音が鳴り、三味線の音が響く。
場面は安土に変わる。

勝家　二部も再びあけおめ！　休憩明けまして、おめでとうございます!!　柴田勝家でございます。今年は何卒、何卒!!

お市がゆっくりと入ってくる。

お市　勝家様。
勝家　ほらまた邪魔が入った。来ると思ったんだよな。

ふてくされる勝家、お市である事に気づき、

勝家　お市!!
お市　ごめんなさい。邪魔だったかしら。
勝家　いや、そんな事は。あ、今な……名前を売っていたんだよ。これからの事を考えて更なるアピールをね。
お市　名を、どうして?
勝家　馬鹿。我が織田軍団って言うのはな、「ジャイアンツ」みたいなもん……ま、いいか。最初に説明したしな……とにかく、将来を見据えての事だ。
お市　……将来……。
勝家　そんな困った顔はするな。お市。
お市　私は別にそんなつもりじゃ……。
勝家　あ……ま、確かにそうだよな。気にしない気にしない。お前が生まれた時から近くにいたんだもんな。今更、夫になるって言っても違和感だらけだよなぁ。ったく上総も思い切った事してくれるよ。困ったなぁ。
お市　……それは、確かにそうですよね。
勝家　あ、本当にそうなんだ……。いやいや、全くもってそうだよな。俺だって困るよ!　今更お前と俺がねぇ!

お市　私では嫌ですか？
勝家　え⁉　いやいや……まあな。俺なんかこう見えても滅茶苦茶もてるからね。お前で年貢が納まっちゃうとなると寂しい寂しい。
お市　ごめんなさい。
勝家　ええ……また裏目った。しかしな、お市。俺はこう見えて、お前の事が結構……。
お市　兄さんは安土を出られたんですか？
勝家　……。
お市　勝家様？
勝家　……そうね。出たね。ゲームをしに行っちゃったね。
お市　あなたは、行かれないんですか？
勝家　行かないよ。こんな大事な時に傷がついたら大変だよ。こんなチャンス、二度とないんだから。死んでも結婚してやるつもり……あ、だってな、この城空けるわけにもいかんだろ。光秀も本願寺対策に向かってるし……。
お市　……やっぱりあなたは、優しいですね。
勝家　お市。あのな……実は俺は……。
お市　兄さんは、何を考えてるんでしょうね。
勝家　……。
お市　勝家様。
勝家　宝探しだよただの。そういうのが好きなんだよあいつは。小さい頃から。

大丈夫だよ、結婚式までには落ち着くから。いつまでも遊んでもらっちゃ敵わん。

お市　宝探しか……兄さんの宝って何なんだろう？

勝家　……宝？　考えた事もなかったな……。

お市　勝家様、あなたは何なんですか？

勝家　……。

お市は微笑み、退場。

勝家　なかなかに、それは言えんな。

溜息をつく勝家。その場を離れ、退場。

★

舞台屏風がゆっくりと上がる。

場面は越後に変わっていく。

お濃登場。遅れて幸村登場。

幸村　雨……やんだみたいですね。

お濃　……。

幸村　どうします？　謙信の所にいきなり乗り込みますか？

お濃　どうなんだろうねぇ。宝刀集めた所で宝がなきゃ意味がない。その事を考えないとね。
幸村　ごもっともです。

そこにふらりと入ってくる藤吉郎。

藤吉郎　お濃様⁉
お濃　お、猿も着いたのかい。
藤吉郎　あ、はい！
幸村　こんにちは。出世頭の木下藤吉郎殿。
藤吉郎　誰ですか⁉　こいつは……？
お濃　ま、部下って所だね。決して怪しい者だよ。
幸村　言い方間違ってますよ。
藤吉郎　お濃様……どうしてあなたが……。
お濃　私も参加したんだよ、このゲームにね。上総の了解もちゃんと得たよ。
藤吉郎　そうだったんですか……。
お濃　それより猿、雨が降ったよ。
藤吉郎　……はい。
お濃　気合い入れないとね、私達も。
幸村　どうして雨が降るとそうなるんですか？　……単純に興味があるんですけど……。

藤吉郎　……雨は殿にとって大事なものなんだ。いつでも、激動の瞬間には雨が降ってたから。桶狭間の時も……浅井・朝倉を討ち取った時も、大雨だ。
幸村　へえ……でもだからって……偶然なんじゃないですか？
お濃　違うよ。この雨は、上総が降らせてるんだ……。

舞台ろうそくに火が灯る。
幸村・藤吉郎の動きが止まる。
お濃の回想場面。
信長がゆっくりと入ってくる。

信長　……お前、ここでの暮らしには慣れたか。
お濃　私はお前ではない。帰蝶という名前があるんだ。人と話す時は、礼儀をわきまえな。
信長　慣れたか？
お濃　……慣れるわけがないだろう。
信長　慣れろ。お前は戻れんのだからな。
お濃　待て。仮にも妻になろうって奴に、その態度はないだろうが。
信長　そうか？
お濃　全く……何で私が。こんな所にいていいのか？　今川義元は田楽狭間で布陣を構えてるぞ。
信長　今呼び止めたのはお前だぞ。

お濃　！　……さっさと行け。こうしてる間にも続々と遅れをとってるんだ。
信長　そうだったか。思ったよりだらしのない兵だな。
お濃　信長！
信長　雨でも降らせてから進むとしよう。ゆっくりやる。
お濃　そんな馬鹿げた格好でそれか。うつけってのは本当だったな。大将がこれでは今川には勝てん。
信長　ではそう報告しろ。マムシの親父にな。

驚くお濃。

お濃　……お前。
信長　お前は美濃のスパイだろ。報告して構わんぞ。それとも親父の命どおり俺を殺して美濃に戻るか？
お濃　……私は……。
信長　どちらにせよ、お前は俺の妻だ。俺がいる限り、戻れはしない。覚悟しろよ……お濃。
お濃　私は帰蝶だ。ふざけた名で呼ぶな。
信長　美濃から来たんだ。それでいい。

雨の音が聞こえ始める。

信長　お濃、降ったぞ。行ってくる。
お濃　信長……。
信長　いい名前だろ。

信長、ろうそくの火を消し退場。
場面は戻って、動き出す幸村と藤吉郎。

幸村　それがあの奇跡の桶狭間に繋がったんですか……？
お濃　……ああ。それからも、雨の中あいつは勝ち続けた……。上総は、雨と共にあるんだよ。
藤吉郎　……俺との、出会いもそうだったんですよ。
お濃　そうなのかい？
藤吉郎　はい。俺が草履取りだった頃の事ですけど……。
幸村　聞かせてくれよ。

舞台再びろうそくに火が灯る。
お濃・幸村の時が止まる。
藤吉郎の回想場面。
信長がゆっくりと入ってくる。

藤吉郎　殿……藤吉郎と申します。
信長　……。
藤吉郎　あの……寒いだろうと思って……草履を温めておきました！
信長　俺はナイキしか履かん。

ろうそくの火を消し、足早に信長退場。
場面は戻って、動き出すお濃と幸村。

お濃　終わりかよ！
藤吉郎　はい。
幸村　しかも雨全然関係ないだろ。
藤吉郎　雨降ってたんだよそん時……。

謙信が入ってくる。

謙信　お前ら、あんまり人の城の前で騒いでんじゃねえぞ。うるさいんだよ。
幸村　上杉謙信だ……すげえ。
藤吉郎　馬鹿！　感心してる時か!!

お濃　真打登場だね。いいじゃないか。宝刀をいただこうとするか。ここは協力していくよ。

お濃・幸村・藤吉郎は刀を抜き、構える。

謙信　待てよ。ここは俺の越後だぞ。俺の流儀でやってもらう。いいな！
お濃　ふざけた事抜かしてんじゃないよ。おじけづいたのかい？
謙信　馬鹿言うな。斬り合いばっかじゃつまらんだろうが。

そこに勝家が軽やかに入ってくる。
手には羽子板を持っている。

勝家　その通り！　さあ、ここは真剣勝負と行こうじゃないか。羽子板でな!!
お濃　お前こんなとこで何やってんだよ!!
勝家　どんな事でも目立ってやるつもりです。ここに居座ります!!　さ、やるぞ。
藤吉郎　本気ですか⁉
謙信　本気だぞ。おおいに本気だ。これこそゲームだろう。どうだ、本当に誰が勝つのかわからないぞ。リアリティ演劇だ。
幸村　……でも。
勝家　やるんだ！　しかもミスをしたら顔に墨汁だ。どうせやるなら本気でやろう。

お濃　ってこの後の芝居どうするんだよ。
謙信　知らないねえ。
謙信　さあ、タッグで行くぞ。誰が俺の相手になるんだ。
お濃　猿・幸村、行け。
藤吉郎　何でですか⁉
お濃　馬鹿！　この後に説得力がなくなっちゃうんだよ。いいね。私が書いてやるよ。顔にかわいい絵をね。
勝家　さあスタートだ。気合い入れていってみよう。
藤吉郎　ちょっと……あんたは誰と組むんだよ。
謙信　俺か……俺はこいつと組むんだ。

信長が羽子板を持って登場。

藤吉郎　殿⁉　何で⁉
信長　やるぞ謙信。
謙信　おお。
お濃　それおかしいだろ！　何でお前らが組むんだよ。
信長　負ける気がしないからだ。
藤吉郎　無理です‼　出来ません‼

お濃　何で⁉

藤吉郎　勝てません。いろいろな意味で勝ったら終わる気がします。

幸村　……うん。

信長　早くやろうぜー。

お濃　難しい立場だな。

勝頼　だったら俺がやってやろう。

威勢のいい掛け声と共に、勝頼とフロイスが入ってくる。

幸村　勝頼様‼　どうして⁉

勝頼　こいつらに一泡吹かせてやろうと思ってな、川中島の再戦だ。と、言うのは表向きでな。ここに出てくるって、台本に書いてあったんだ。

お濃　難しい立場だな。お前は？

フロイス　オー。自ら志願してここに来ました。

お濃　お前は本当に馬鹿だな。

フロイス　イエス。

勝家　それじゃ気合い入れていってみよう。

羽子板対決。三ポイントマッチ。

負けた方が適当な理由をつけて逃げる。
全員、退場。

★

舞台場面変わって本願寺。
光秀登場。
景色を見つめている。
熙子登場。

熙子　また、あなたね……。
光秀　熙子殿ですか……。何度でも来ますよ、私は。
熙子　そう……。
光秀　顕如殿には会えませんか？
熙子　何度も言いましたが、顕如は織田信長の手に落ちる事はありません。ここに来ても、無駄な事ですよ。
光秀　そうですか。では、また出直しますから。気にしないで下さい。
熙子　……。
光秀　どうしたんですか？
熙子　いえ……あなたは本当に好きなんだなと思って。
光秀　何が？

熙子　その花を。それだけは……認めます。
光秀　ありがとう……。ここは本当に綺麗な場所だ。私は思想よりもこの場所の方がよっぽど極楽浄土に思えるんです。
熙子　……。
光秀　あ、あなたにそんな事を言ってはいけませんね。これは失礼した。
熙子　……守りたいのはこの地ですから。
光秀　……そうですか。では、また出直す事にしましょう。

礼をする光秀。
熙子が立ち去ろうとする光秀を引き止め、

熙子　光秀殿、寺の境内にはここよりもたくさんの花が咲いています。もしよかったら……見ていきますか？

見つめ合う二人。

光秀　是非。

音楽。

舞台上空から、花びらが降り注いでくる。
その最中、動く事もせず見つめ合う二人。
煕子、誘うように退場。
光秀も行こうとした瞬間、フロイスが入ってくる。

フロイス　これはこれは、見てはいけないものを見てしまいましたか？
光秀　……フロイス殿、どういう意味でしょう？
フロイス　あなたには何故か嫌われている様だ。寂しい事です。
光秀　本願寺はこの明智が任を司った。余計な口を挟まないでいただきたい。
フロイス　もちろん、そのつもりですよ。私が興味がある事は、あなたがゲームに参加するか否か
　と言う事だ。
光秀　知れた事です。
フロイス　ゲームの名は、ガーネット・オペラですよ。

驚く光秀。

光秀　……それは本当か……。
フロイス　もちろん。意味は、ザクロ石。あなたがいなければ、終われません。

にやりと笑い、フロイス退場。
立ち尽くす光秀。
舞台ゆっくりと暗くなっていく。
光秀退場。

★

舞台上空から屏風がゆっくりと下りてくる。
場面変わって、安土城内。
足早に歩いているお市。
そこに利家が入ってくる。
立ち止まるお市。

利家　ここにいたんですか……。
お市　……。
利家　やっと見つけ……
お市　利家……御願いします。ここにいた事は内緒にして下さい。
利家　……ちょっと、どういう意味ですか？　結婚式には出られないと……。
お市　皆に迷惑をかけますから……あなたにも。
利家　待って下さい。ちょっと待って下さい。
お市　ごめんなさい。

その場を去ろうとするお市。

利家　勝家さん、待ってるんです。あなたにとってはどうでもいい人かも知れないけど、あの人ずっと待ってるんです。行ってやってもらえませんか。今日一日でいいんです。我慢してくれれば、いつもの日に戻ります。

お市　私は、行けません。

利家　どうして？

お市　そんな事をしても、あの人きっと喜ばないから。傷つけたくないんです。これ以上、嘘をつきたくないんです。だから私は……行けません。

利家　どうするんですか？　じゃあ今日どうすればいいんですか？　みんなに花嫁さん逃げられちゃったよって笑って言ってやればいいんですか。

お市　……。

利家　みんな楽しみにしてたんです。普段は口うるさい人だけど、でもみんな好きなんです。だから楽しみにしてたんです。それを今更……

お市　それでも行かない方がいいの。そばにいて苦しめるなら会わない方がいいでしょ。

利家　あなたは知らない！　あの人がどんな人なのか、何を一番大事にしてるのか、あなたは何もわかってない!!

お市　……私の宝は、もうないのよ。

お市退場。

利家　お市さん……。

利家、追いかけるように退場。

★

場面変わって、安土領内。

八重が物思いにふけるように、佇んでいる。

藤吉郎登場。

八重　……。

藤吉郎　お、どうした八重。

八重　あんたか……。

藤吉郎　お前出てきたばっかなのにその態度はないだろ！　ったくいつ見てもむかつく奴だな。

八重　こっちだって同じよ……。

藤吉郎　ったくよ……。

八重　……。

藤吉郎　どうしたんだよお前？

八重　別に……。
藤吉郎　……お前、光秀さん待ってたんだろ。
八重　ちょっと⁉　私は……
藤吉郎　隠したってすぐわかるんだよ！　俺はな、何でも知ってるの。
八重　……いいでしょ、別に。
藤吉郎　……無理だぞ。お前なんかには無理だ。
八重　……。
藤吉郎　言い返してこいよ！　つまらねえだろ。
八重　……そんなの、わかってるもん。

悲しそうな八重の表情を見る藤吉郎。

藤吉郎　……そんなの、そんなのお前わからねえだろ！　ガツンと言ってみたら、案外いけるかも知れないぞ！
八重　藤吉郎……。
藤吉郎　言ってみろよ！　そんなお前、つまらねえぞ。いつもみたいにカラッと言え。たぶん、光秀さんはお前の事嫌いじゃないよ。
八重　そうかな？
藤吉郎　おお！　言ってみろ！

八重　ありがとう、藤吉郎。あんた案外いいとこあるね。
藤吉郎　うるせえ！　おら、早く行けよ。
八重　私……頑張ってみる……ありがとう！

八重退場。

藤吉郎　礼なんか言うなよ……。ちきしょう……。

佇む藤吉郎。
舞台ゆっくりと陽が落ちていく。

★

屏風が舞台上空に上がっていく。
場面は安土城へと変わる。
玉座に座る信長、傍らにはお濃がいる。
勝家・利家・家康登場。
藤吉郎と共に、礼を正す。

信長　御苦労であった。
全員　ハッ……。

信長　なかなか進んどらんようだな、ゲームの方は。
お濃　当たり前だろ上総。
信長　つまらんぞ。
家康　殿、しかしここはお市様と勝家殿の結婚の儀を進めなければなりません。その後、国の一つや二つは獲って参ります。
信長　そうか、その言葉忘れるなよ。勝家、首尾よくやれ。晴れ舞台だ。
勝家　ハッ。上総……だが、あまり派手にやる歳ではないぞ。
信長　何言ってんだ。一生分の運を使えよ。今までの労をねぎらってやるからな。
勝家　恥かしい……。
信長　奥に衣装を用意しといた。取りに行け。

勝家、信長に礼をして退場。
遅れて光秀が入ってくる。

藤吉郎　光秀さん。
光秀　殿、遅くなり申し訳ございませんでした。
信長　光秀か、久しぶりだな。
光秀　はい。何も獲らぬまま顔を合わせるわけにはいきませんので……。
信長　こうでなきゃいかん。お前らも忘れるなよ。

全員　ハッ……。
信長　どうだ光秀、本願寺の方は。
光秀　……はい。極楽浄土の集団です。簡単には折れません。この十年、最大の敵と言っていいでしょう。
信長　くそ坊主どもが……。
光秀　下手に動けば全国の門徒宗が集結します。殿、今日は提案があって参りました。
信長　何だ？
光秀　ここは降伏勧告ではなく、和睦を進めるのはいかがでしょうか？　殿のご意思と反するのはわかります。しかし今は、この方法以外に激突はさけられません。この光秀をもって、本願寺との和睦を御願いしたい。
信長　それは、お前の意思か？　それとも、織田家配下としての意思か？
光秀　どういう意味でしょう？
信長　腐ったか光秀。女にうつつを抜かすとはな。

フロイスがゆっくりと入ってくる。

光秀　フロイス……。
フロイス　私は何もお話していませんよ。この方がするどいだけです。
信長　光秀、お前はやらんのか？　折角の祭りだぞ。

光秀　私は……。
信長　本願寺を焼け。

驚く光秀、思わず立ち上がる。

家康　殿!?
お濃　上総!
信長　和睦などいらん。刃向かう者は女子供であろうと殺せ。あの寺を焦土と化せ。
光秀　殿……それは……。
信長　ここまでやらんとお前は参加しねえだろ。ゲームの意味がわからんか?
光秀　殿!?
信長　光秀、ざくろってのは、人肉の味がするんだよ。行け。
光秀　……。

光秀は礼をし、失意のまま退場。

お濃　上総……。
信長　猿、光秀がやれんかった場合、お前がやれ。いいな。
藤吉郎　殿……駄目です。そんな事したら……。

信長　甘さはいらんぞ猿。特にお前にはな……。利家、長宗我部を攻めよ。
利家　私が⁉
信長　三日で獲ってこい。もし出来なかったら、ここを出ろよ。
利家　何故……何故ですか⁉
信長　甘い事言ってっから上にのぼれねえんだよ。
利家　……殿。
信長　くだらんぞ。ゲームは続いてんだよ。家康、足利義昭の御所も焼け。
家康　……そんな事したら、殿は逆賊になります。それだけはいけません。
信長　やれ。もたもたしてたら物語が終わらんだろうが。答えよ。お前らの宝は何なんだ。
家康　殿……。
信長　獲れなかった奴は俺が殺す。本気でやれよ。行け‼
全員　……。

利家・家康・藤吉郎退場。

お濃　……上総、あんたは何をやろうとしてるんだい？
信長　何度も言ったろ。ゲームだ。
お濃　私にぐらい話しなよ！　私は誰なんだい⁉　あんたの妻だろうが。
信長　……。

お濃　みんなをばらばらにしてどうすんだ？　あいつらはお前が唯一持ってるものじゃないか？
それに気づかないのか⁉
信長　だからやるんだよ。お濃……これが終わればお前も好きにしていいぞ。
お濃　どういう意味だ？
信長　お前は帰りたいんじゃなかったのか？
お濃　……私は、あんたの妻だ。

お濃、足早にその場を離れる。

フロイス　失礼しました……。邪魔でしたか？
信長　そうだな……。
フロイス　いかがなされますか？　御所を焼けば、ミスター義昭はやっきになるでしょう。あなたを倒す為にね。
信長　宝のない奴には興味がない。一気にやるぞ。フロイス、用意しろ。
フロイス　何処へ。
信長　本気って奴を見せてやる。

音楽。
十字を切るフロイス。

147　ガーネット オペラ

場面は本願寺へと移っていく。
僧兵を斬り殺していく信長。舞台上に倒れていく僧兵達。
雨の音が鳴り、段々と土砂降りになっていく。
熙子登場。
驚く熙子の前で、炎の音が鳴り響いていく。
燃え盛る炎と雨の音が入り混じり、舞台暗くなっていく。
雷鳴。
舞台ゆっくりと暗転していく。

ACT 5

舞台光が灯ると、謙信が座っている。
場面は越後。
そこに入ってくる義昭。
肩で息をしている。

謙信　……将軍ですか……。
義昭　謙信、信長を殺せ……。
謙信　何ですか、いきなり……。
義昭　殺せ!!
謙信　まあそう焦らずに、何があったんですか?
義昭　あの男、御所を焼き払った。私の御所をだ!!
謙信　あの馬鹿は……。
義昭　私は勅命を出したはずだぞ。やるんならさっさとやれ!!
謙信　……。

義昭　出来んるんだろ？　お前には期待してるんだ。今すぐ兵を持って安土に向かってくれ。な、頼むよ。頼む。
謙信　将軍、天下の室町幕府がみっともないですよ。
義昭　謙信！
謙信　もちろんやりますよ。ただ、今は出来ません。ゲームの最中だ。他にやる事があるんでね。
義昭　……貴様。
謙信　あなたも堂々と、やった事への落とし前はだけはつけましょう。終わらせたのは、あなたなんですから。
義昭　……室町幕府が終わったとでも言いたいのか？
謙信　まあ、そういう事になるでしょうね。
義昭　謙信……貴様は許さんぞ。お前も私の敵だと言うんだな。
謙信　違いますよ。自分でやらんといかんと言ってるんです。自分の力でやりなさい。チャンスはありますよ。
義昭　ふざけるな!!

謙信に襲い掛かろうとする義昭。
後ろに信長が入ってくる。

義昭　信長……。

信長　邪魔だぞお前。

刀を抜き、義昭を殺そうとする信長。

悲鳴をあげる義昭。

謙信　やめろ上総！　後見人なんだろ。つまらんのは嫌だろ。

信長　……。

義昭　謙信……お前には期待せん。生きてるうちにと思っての天下だ。私は……

謙信　余計な事言わんで下さい。ハンデと思われますんで。

義昭　さっさと死ね……。

義昭、逃げるように退場。

謙信　しかし上総、ゲームってのは面白いなぁ。久しぶりに燃えてるぞ俺は。

信長　……おっちゃん、途中で降りんのは許さんぞ。それだけは許さん。

謙信　わかってんだよそんな事は。

信長　今すぐに来い。いいな……。

謙信　ゆっくりやるんだよ俺は。それにどうせなら、もう一人欲しいだろうが。

信長　……。

謙信　やっぱ気づいてんのか？　……ま、そうだよな。だから待ってやろうぜ。
信長　あの男には無理だ。

信長退場。

謙信　出てもらわんと困るんだよ俺が……。

謙信、信長の後ろ姿を見つめ、退場。

★

場面は安土へと移っていく。
勝家登場。
白のタキシードを羽織り、頭には新聞紙で作った兜をつけている。
利家がゆっくりと入ってくる。

勝家　どうした利家。元気ない顔だな。
利家　あの……。
勝家　何だ？　お前らしくないぞ。
利家　あの……。
勝家　今忙しいんだ。十年ぶりの結婚式だからな。ちょっと張り切っちゃって、昨日は寝れなかったよ。

利家　勝家さん。

勝家　これなぁ、タキシードっていうんだよ。そしてこの頭につけてるのが、七五三の時の兜だ。これは俺のオリジナル。南蛮ではこれを着て式に出るらしい。しかし洋物ってのは、着づらいなぁ。

利家　……お市さん来られないって。

勝家　ん？　何だ？

利家　お市さん、やっぱり式には出られないって。すいません。止めたんですけど……すいません。

しばらくの静寂。
勝家は無理に笑い、

勝家　……そうか。やっぱり妹だったたか。なかなかに難しいな。

利家　俺も、見たかったたです。勝家さんのあんな嬉しそうな顔、初めて見たんで。何とかしてあげたかったたんですけど。

勝家　そう言うな。そんな事、今言うなよ。俺今兜つけちゃってんだぞ。

利家　あの、兜、似合ってます。

勝家　うるさいよ。似合ってない方がよかったよ。

利家　はい。

勝家　利家、ちょっと向こう行って、式取り止めにしてくれ。キャンセルだキャンセル、キャンセリング。
利家　すいません。
勝家　……ほんとはわかってたんだけどなぁ。やっぱり男には見てもらえんか。一応、言おうと思ってたんだ。俺はあいつに好きだって事言ってないんだよ。なかなか言えんだろ。だって生まれた時から見てるんだから。言うチャンスだったたんだけどなぁ。しかし上総も人が悪い。でも、逆らえないんだよなぁ。
利家　勝家さん。
勝家　ほら、向こう行って取り止めて。キャンセルキャンセルキャンセリング。
利家　嫌です。
勝家　お前何言ってんだよ。やるわけいかんだろ。
利家　でも嫌です。あの、パーティーしましょう。
勝家　何？
利家　パーティーしましょう……だから……勝家さんの振られ記念大パーティー！
勝家　うるさいよ。
利家　……でも何かやってあげたくて。

下を向く利家。

勝家　じゃ……やるか。いっちょパーティーを！　パーッと！
利家　はい！
勝家　あ……こういう場合……兜はつけてていいのか。
利家　はい！　兜つけて待ってますから。

利家、走り去り退場。
勝家はその後姿を見つめ、微笑む。
ゆっくりとお濃が入ってくる。
勝家、お濃に気づき、

勝家　これはこれは。
お濃　……あなたも、大変ね。
勝家　いやいや、お濃様もお聞きになられた？
お濃　そうねぇ。
勝家　あちゃーお恥ずかしい！
お濃　でも、いいと思うわ。そう言えるあなたは。
勝家　私にとっては、幸せな時間でしたから。わかってたんですが、戦とは別ですな。
お濃　勝家、泣けないっていうのは、損な性分ね、お互い。
勝家　はい。

お濃　……あなたはきっかけだったんだけどね、これが出来たら、私もふんぎりがつくのに。本当に、損な性分ね。
勝家　でも、だからこそ今があるんだと、思っています。

微笑む勝家。
お濃もまた、同じように微笑む。

勝家　……しかし、男はいくつになっても、振られると恥ずかしいですな。
お濃　勘違いよ。……ねぇ勝家、もう少しだけ、付き合ってあげてね。多分あの人はあなたがいないと何にも出来なくなっちゃうから。最後まで付き合ってあげて。
勝家　勿論、あなたもですよ。さあ！　わたくしの振られ記念大パーティーが始まります。主役は、私です。引き出物は、六千個。兜をつけ、いっちょ盛大にやろうと思います。
お濃　やるか。

勝家、笑いながらその場を後にする。

お濃　いつまでそこにいるの？　出ておいで。

お市がそこに入ってくる。

お濃　いるんなら、気づかせてあげなさい。そのくらいはしてあげなさい。
お市　……でも、ひどい事したから。
お濃　いい人よ、あの人。
お市　わかってます。だから、出られませんでした。
お濃　上総の言う宝ってのは……何なんだろうねぇ……。
お市　お濃様……。
お濃　ねえ……一つだけ。正直になれないまま誰かと一緒にいようと思うのなら、一人になりなさい。誰とも会わず、一人で暮らしなさい。私が今、自分にそう思ってるのよ。

お濃退場。
お市、それを見つめ退場。

☆

場面変わって、安土城内。
八重登場。
八重は下を向いている。
そこに入ってくる藤吉郎。
しばらく見つめた後、

八重　……。

藤吉郎　落ち込んでんのか？　まさかお前泣いてんじゃないだろうな。

八重　……そんな事ないわよ。

藤吉郎　そうだよな。そりゃみっともないもんな。お前泣いたりすんじゃねえぞ。今、大変な時なんだから。いいじゃねえか、すっぱり諦められて。丁度よかったよ。うん、俺はそう思う。

八重　ほっといてよ……。

藤吉郎　何悲しみモード入ってんだよ。どうせな、光秀さんはお前みたいなしみったれた奴好きじゃなかったよ。嫁いだら嫁いだでそれこそ苦労するぞ。毎日泣いて嫌な思いするだけだ。

八重　あんたに何がわかるのよ。

藤吉郎　わかるよ。お前、俺には全部わかるんだよ。お前はな、ああいう人には合わないの。

八重　帰ってよ、一人になりたいの。

藤吉郎　何言ってんだよ。

八重　御願いだから帰ってよ。……わかってたわよ、私には釣り合わないって最初からわかってた。でもあんた言ったじゃない。言ってみろって言ったじゃない。無理だとわかってたけど言おうと思ったんじゃない。……帰って、一人になりたいの。帰って。

藤吉郎　帰れないよ。いいじゃん、ここはな、明るく行こう。その方がいい。お前にはその方が合ってるんだって。

八重　帰ってよ!!

藤吉郎　八重……。

八重　御願いだから帰ってよ！　どうしていつもそうなのよ。どうしていつも土足で入ってくるのよ。私だって一生懸命考えてたのに、無理だってわかってたのに、それなのにどうして入ってくるのよ。あんたに私の何がわかるのよ。

藤吉郎　わかるよ、お前の事は俺が一番わかってるんだ！

八重　わからないわよ！　帰ってよ！

藤吉郎　結婚して下さい！

土下座する藤吉郎。

驚く八重。

藤吉郎　……結婚して下さい。俺は羽柴になる。羽柴秀吉になって信長様のもと、この国に大きく羽ばたく。……そりゃ光秀さんに比べたら顔だってそんなにかっこよくないし刀の腕だってまだまだ敵わないけど、お前を愛する気持ちは誰にも負けてない。この国を大きくしたっていう気持ちは誰にも負けてない。信長様にだって負けてない!!　だから、結婚して下さい。俺と、結婚して下さい!!

八重　藤吉郎……。

藤吉郎　……お前の名前も考えてあるんだ。お前は「寧々」になる。羽柴寧々になる。今よりもっと幸せになる。俺がお前を幸せにする。だから……。

八重　……どうして、私の気持ちわかるなんて言ったの？

藤吉郎　それは……えっと……嘘だ……思わず言っちゃって……でも、そうなりたい。いずれは、そうなりたいから……。八重……駄目か？
八重　……。

八重はゆっくりと藤吉郎に近づく。
驚く藤吉郎。
舞台ゆっくりと暗くなっていく。

☆

場面変わると、甲斐。
勝頼登場。
追いかけるように、義昭が入ってくる。

義昭　勝頼……頼むよ、何とかならんか⁉
勝頼　将軍、あなたにここまで来られては困る。
義昭　ちょこっと兵を貸してくれるだけでいいんだ。な、謙信の野郎は使えん！　お前しかいないんだよ。いいだろ、な。やっぱお前だ。俺は最初からそう思ってたよ。な、安土を攻めてくれ。今すぐ、いいだろ、な。
勝頼　気持ちはわかりますが風林火山の旗は親父の旗でもある。私は私でやりたい事がありますので。

義昭　頼むよ。俺、土下座しちゃうよ、しようか？　しよしよ。あいつが許せないんだよ。御所を焼いたんだ。お前も知ってるだろ。頼む、ゲームでも何でもいいからあいつを殺してくれ。な！　一緒にやろう、一緒に。

勝頼　義昭殿、あなたは勘違いしてるようだが、私はあの男に負けるつもりはないし、屈するつもりもない。やる時はあなたと一緒ではなく、我が軍の誇りで戦う。あなたの出る幕ではない。

態度を変える義昭。

義昭　……お前ってひどい奴だな。ここまで頼んでんのに。なら隠し玉使っちゃうよ。いいの？　お前俺が隠し玉使ってもいいの？

勝頼　お帰り下さい。我が城を放り出されたいのですか？

義昭　親父はどうしてる？

勝頼　……何の事でしょう。

義昭　死んでるんだろう。

勝頼　……。

義昭　……やっぱりそうだ。隠したってわかってるんだよ。勝頼、安土を攻めろ。お前の親父が死んだ事がわかれば、こんな腐った城、二分ともたんぞ。

勝頼　何の事でしょう？

義昭　力貸してやるって言ってんだよ。勝頼、楽しい祭りにしてやろうや。あの信長にな。

勝頼　それが本性ですか？
義昭　勝頼……六万持って安土を攻めろ。ゲームってのはな、最初に負ける奴が肝心なんだよ。

義昭退場。
舞台奥から幸村が見つめている。

勝頼　……本当の話だ。親父はもう死んでる。
幸村　勝頼殿。
勝頼　……悔しいが、あの男の言った通りだ。親父亡き今、風林火山などただの旗にしか過ぎん。俺は……その程度の器だ。
幸村　そんな事言っていいんですか？　私は武田の人質ですよ……。
勝頼　……もう意味などないだろ。信長に伝えろ。虚勢を取ってみれば、ただの駄目な二代目だと……。
幸村　……信玄殿はあなたにとっての、宝だったんですね。
勝頼　どういう意味だ？
幸村　信長が言いました。お前らの宝は何だと？
勝頼　信長の言う事など知らんぞ。
幸村　あなたにはそうでしたね……。
勝頼　親父はな……本当に凄い男だった。小さい頃から、あの人を超えようとだけ俺は思っていたんだ。死んだ時な、俺は泣かなかった。
幸村　……。
勝頼　涙が出なかったんだ。泣く事も出来ず、悲しむ事も出来ず、ただ呆然としてるだけの俺がいたんだ。その事を認められないままこうやって生きているのが俺だ。
幸村　……それでいいんじゃないですか……大切なものなんだから……だから、宝なんです。

そこに謙信が入ってくる。

謙信　感傷に浸ってる暇はねえぞ。女に泣き事言うようじゃ終わりだ。
勝頼　謙信……。
幸村　そういう付属みたいな言い方やめてもらえます。受け売りですが、許しません。
謙信　その通りだな。だったら急げよ……宝が見つかるぞ。早く行って探してみろよ。
幸村　どうしてあなたが？
謙信　早くしないと終わるぞ。明智光秀が将軍のもとにむかった。たぶん、謀反を起こすだろう。
幸村　そんな……。
謙信　ゲームはもう終盤って事だ。勝頼、行くぞ。
勝頼　……何しに来た？
謙信　決まってるだろ。川中島をやろうと思ってな。
勝頼　……お前に聞かれたとあっちゃ、いよいよ終わりか……。

謙信　何言ってんだお前。
勝頼　親父は死んでる。聞いたとおりだ。川中島はもう出来ん。すまなかったな……。
謙信　……待てよ。
勝頼　謙信……本当に、すまなかった。
謙信　待てって言ってんだろうが。
勝頼　……俺には力が足りん。俺もあんたと親父の川中島……見たかった。
謙信　……。

勝頼を殴り倒す謙信。

幸村　謙信殿……。
謙信　何言ってんだお前。力が足りんだと、ふざけんな。お前がやればいいだろうが。お前が俺とやればいいだろうが！
勝頼　……謙信。
謙信　泣けないだと、そんな事知るか。泣けよ、親父超えて墓の前で泣いてやれよ。その為に必要なものがあるだろうが。俺はな、お前とやりたいんだよ。信長じゃねえ、お前だ。信玄超えてもらわんと死ねねえだろうが！
勝頼　……お前は……最初から知ってたのか？
謙信　簡単に落とされちゃ困るんだよ。この越後の龍が十年懸けてんだ。勝頼、待ってるから覚悟決めろや。最強の風林火山を鎮めて、お前の首を信玄の墓に持っていってやるからよ。

勝頼　……すまん……すまん。

謙信　勝頼、本気で来い。それがゲームの約束だ。なかった事にしてやるから、それ墓まで取っとけ。

謙信退場。

動けない勝頼。

勝頼　……。

幸村　私、先行ってますね。私も宝を見つけたいから。置いてかれるのは嫌だから。

後を追いかける幸村。

勝頼　謙信……。

頭を下げる勝頼。走り出し、退場。

★

場面変わって石山本願寺。

煕子が誰かを待っている。

熙子　……。

信長がゆっくりと入ってくる。

熙子　やっと来ましたか……？
信長　どうしようもない家臣がいるんでな……。
熙子　……その人は、あなたを汚した事は一度もありませんよ。
信長　だから教えてやらんといかん。あいつが追いつくまでな。

熙子を斬りつける信長。
駆け込んでくる光秀。

光秀　殿!!
信長　……遅いぞお前は……。
光秀　御願いです……やめて下さい……御願いだから……。
信長　聞こえんぞ光秀……。
光秀　殿!!　殿!!
信長　てめえの宝は何なんだ!!　くだらんものなら破壊してやる!!

刀を振り上げる信長。

光秀　私がやりますから!!……私が!!

信長　……光秀、ざくろを祝え。今度は遅れんなよ。

信長退場。

崩れる光秀。

熙子は景色を見つめながら、

光秀　……。

熙子　あっという間に焼け落ちたわね。驚く暇もなかった……。

光秀　……私を責めないんですか。

熙子　もう、遅いでしょう。

光秀　申し訳ない……本当に申し訳ない……。

熙子　どうして……謝るの？

光秀　……あなたの大事な場所を汚した。私は……。

熙子　それじゃ駄目じゃない。言われたんでしょ？　ざくろを祝えって……。

光秀　熙子殿……。

熙子　本願寺顕如は私です。……気づいていたでしょ？
光秀　……。
熙子　あなたと何度も繰り返した、顕如は留守ですって。最初から会っていたのに……でもそれさえ……私には宝になっていた。
光秀　……熙子殿……。
熙子　私の責任ね、あなたに心を許してしまったから。
光秀　熙子殿……。
熙子　どうするの？　それを聞いて、放っておくわけにはいかないでしょ。明智光秀としては……私もね、本願寺門徒宗に合わせる顔がないもの。
光秀　私は……。
熙子　極楽浄土を根ざす頭が恋に狂っては、天罰が落ちても仕方ありません。でも最期があなたなのは、少し素敵ね。
光秀　私は……出来ません。
熙子　それは失礼よ、私に。御願いだから、やって下さいな。

光秀、刀を抜く。

熙子　見て……ざくろの実がなってる。ここだけは、残っていたのね。
光秀　どうして……？

熙子　あなたは実がなるまではと……言いました。でもね、このざくろは私が植えたの。どんな花でも、実が育つのは嬉しいのよ……。
光秀　熙子殿……。
熙子　光秀殿……もし覚えていてくれるのならば……大切にして下さい。あなたが言ってくれた極楽浄土に私はいたいから……。御願いします。
光秀　……はい。
熙子　ありがとう……本当に綺麗な花ね。

光秀、ゆっくりと刀を振り下ろしていく。
崩れ落ちる熙子……。
光秀、それを抱きかかえる。
舞台ゆっくりと暗くなっていく。

★

舞台上空から屏風が下りてくる。
場面変わって、安土城。
勝家・藤吉郎・利家・家康登場が座る。
フロイスが入ってくる。

フロイス　おや、待たせた様ですね。では、始めましょうか。

利家　黙ってろ！　殿はどうした⁉
フロイス　あの方は、ここにはいません。今日は私が伝言をおおせつかって参りましたので。ゲームのルールを変更します。
藤吉郎　ふざけるなよ‼
フロイス　まあそう怒らずに、終わりは近いのですから。
家康　だったら早くしろ。お前と遊んでる時間はない。
フロイス　そうですか、ルールは一つ。帰る場所はこの安土にはありません。月が欠ける頃、私がこの安土を焼き払います。
藤吉郎　……貴様‼
フロイス　思う存分に楽しんでいただきたいとの事です、覚悟を持ってね……。
家康　……だったらば一つ聞きたい。このゲームを仕組んだのはお前だな。信長様を焚き付けたのは……お前だ。間違いない。
フロイス　何の事でしょう。
家康　覚悟はあるんだろうな。責任は取ってもらうぞ。
フロイス　だとするならば、どうされるんでしょう。
家康　バテレン潰してやるよ。それが俺の覚悟だ。
フロイス　では私も覚悟を決めなければなりませんね。それともう一つ、明智光秀殿が兵を挙げました……。
藤吉郎　ちょっと待てよ！　そんなはずがない！

フロイス　本当ですよ。迷いなど、ありませんでした。あなたよりよっぽどマシです。
藤吉郎　貴様!!
勝家　猿！　やめておけ！
フロイス　さあ、何に祈りましょう。何に祈れば、あなた方は向かってもらえますか？　ゲームとは、そういうものですよ。
家康　お前の首だよ。忘れんなよ。俺は嘘はつかん。

家康、フロイスを睨みつけ、足早に退場。

フロイス　あなたよりよっぽど気性がある。それぐらいでないと、あの人が可哀想です。私とあの人がね。
勝家　フロイス、上総をなめるなよ。お前如きが対等だと思うな。
フロイス　あなたは行かれるんですか？　私には無理に思えますが……。
勝家　行かねえよ。ただな、上総がお前の思惑通りに動く男だったら、この首の一つや二ついつだってくれてやるよ。

勝家退場。

フロイス　さあ、残ったのは二人です。利家殿、宝は何ですか？

利家　……。
フロイス　まだ、答えられないんですか？　あなたも駄目ですね。
利家　お前に話すような事は何もねえよ。答えは見つかったからな……。猿、先に片付けてくるからよ。

利家退場。

藤吉郎　利家！
フロイス　やはり最後は、あなたですか。
藤吉郎　許さんぞ、俺はお前を許さん！
フロイス　木下殿、明智殿が言っていましたよ。あなたみたいな猿がここにいると困るって……。信長を殺して、次はあなただと。いいんですか？
藤吉郎　そんな事を言う人じゃない！
フロイス　そこら辺が猿なんですよ。さあ、どうしますか？　私の首でも獲って、気を晴らしますか？
藤吉郎　お前なんか相手にしない……。
フロイス　明智殿をやりますか？　それは素晴らしい。喜びますよ、あの人も。
藤吉郎　止めるんだよ！

藤吉郎、足早に退場。

ゆっくりと勝頼が入ってくる。

フロイス　おや、やっとあなたも来ましたか？

勝頼　そうだな。こっちから来る方がいいと思ってな。

フロイス、舞台前方を見つめながら、

フロイス　綺麗な軍勢です。見事なだけに……残念ですね。

勝頼　それは俺が負けると言う事か？

フロイス　いえ……。

勝頼　しっかりと伝えろ。武田騎馬隊六万、一糸乱れる事なく信長のもとに向かってやろう。信玄亡き今、総大将はこの俺だ。……知ってたか？

フロイス　いえ……初めて聞きました。例え知っていたとしても、我らの態度に変わりはないでしょう。耄碌した爺などあの方は興味がない。あるのは最初から本物の風林火山だけでしたよ。

勝頼　そうか……気づかなかったのは俺だけだな。

フロイス　気持ちを背負って行って下さいね。それは、あなたの役目です。

勝頼　……どういう意味だ？

フロイス　昨日、上杉殿が亡くなられました。

驚く勝家。

フロイス　……越後から喪章と共に、辞退の申し入れがありました。第六天魔王信長は、怒りと共に、越後を焼き払いました。だらしのない男だと……。悔しかったんでしょう。あの方が武田に手を出さなかったのは、待っていたからです。あの方も、待っていたんですよあなたを……。しかしそれは叶わなかった。その想いも背負っていって下さい。もう、あなたにしか出来ませんよ。

立ち上がる勝頼。
ゆっくりと歩き出す。

勝頼　信長に伝えろ。待たせたと……上杉の分まで、俺が持っていくと。

場面は戦場へと変わっていく。

フロイス　……この祈りは……誰に捧げましょう。悪魔を迎える彼らにでしょうか？　見守る事が、私の役目です。人であるあの方との最後の約束です。

フロイスの見つめる先にしっかりと立つ勝頼。

175　ガーネット オペラ

刀を抜いた瞬間、勝頼目がけて銃声が響き渡っていく。
ゆっくりと砲弾に倒れていく勝頼。

勝頼　見つけたぞ、俺は最期に……。

倒れる勝頼。
動かないまま、光が消えていく。
祈り続けるフロイス。
舞台ゆっくりと暗くなり、暗転していく。

ACT 6

舞台光が灯ると、義昭と光秀が対峙している。
場面変わって、足利御所。
礼を正す光秀。

光秀　……場所が決まりました。
義昭　そうか……本当にやれるんだろうなぁ。
光秀　はい……ざくろの実が落ちました。私の意思です。
義昭　俺はな、誰がやろうと構わねえんだよ。ただ半端は許さねえぞ。やるんなら殺して殺して斬り刻んでやれ！　あいつに殺された者の怨みと共に、地獄の底まで叩き落とせ！　その覚悟があるんだろうな！

静かに句を詠む光秀。

光秀　「時は今　雨がしたしる　五月かな」

義昭　……いい覚悟じゃねえか。兵三万貸してやる！　場所は何処だ⁉
光秀　場所は、本能寺です。
義昭　明智十兵衛光秀！　勅命を下す！　本能寺にて、信長を斬れ！
光秀　ハーッ‼

音楽。
頭を下げる光秀。目もくれず、義昭退場。
光秀が動き出す。
舞台屏風が上がっていくと、信長が立っている。
見つめ合う二人。
光秀、信長、互いの方向に退場。

★

場面は戦のように、目まぐるしく移り変わっていく。
藤吉郎登場。駆け抜けていく。
そこに現れる長宗我部。

長宗我部　お前の相手は俺だろうが‼
藤吉郎　貴様……。
長宗我部　お前やって信長だ。遊ぶ時間は終わったぞ。

斬り掛かる長宗我部。
利家登場。
長宗我部の刀を槍で受け止め、

藤吉郎　すまん!!
利家　早く光秀さんを探せ！　全てがわかる!!
藤吉郎　利家！
利家　猿！　ここはやってやる！　俺が任された仕事だ。

藤吉郎、駆け抜けるように退場。
斬り合いながら、利家。長宗我部退場。

★

家康が走っている。
飛び込んでくる半蔵。

半蔵　家康様！
家康　何だ!?
半蔵　明智軍三万が一斉に方向を変えました。場所は本能寺だと思われます。

家康　何だと⁉

半蔵　足利義昭様から勅命をもらいました。謀反です‼

家康　追え！　半蔵！　何としても止めるんだ！

半蔵　はっ‼

走り出す家康。

半蔵もまた同じように、その場を足早に退場。

★

光秀が歩いてる。

立ち止まる光秀。

目線の先に、幸村が立っている。

幸村　待ってよ！　あんたに行ってもらっちゃ困るんだ。無理だよ！

光秀　……例え無理でもやらなきゃならない事があるんだよ。

幸村、歩みを止めようと刀を抜く。

相手にしない光秀。

幸村　無理だ。まだ追いついてない‼　あんたらに追いついてないんだ‼　まだ早いんだ！　だからもう少し時間をくれよ！　まだ死なれちゃ困るんだ！
光秀　それでも命を懸けるんだ。興味があるならお前も行ってみろ。
幸村　……。

光秀退場。
雨の音が響き始める。
幸村、走り抜け退場。
★
藤吉郎が走っている。
雨の音が段々と強くなる。
藤吉郎、頭上を睨みつけ、走りぬけ退場。
★
お濃登場。
刀を抜き、見つめる。
雨の音が強くなる。
頭上を見上げるお濃。
刀を抜いて歩き出していく。
★
歩き続ける光秀。

走り込んでくる藤吉郎。

藤吉郎　光秀さん!!

立ち止まる光秀。

ゆっくりと頭上を見上げる。

静寂の中、

光秀　雨が降ってきたな……これは土砂降りになるぞ、猿。

藤吉郎　光秀さん……どうしてだよ？

光秀　……ざくろの実がなっていたからだ。

藤吉郎　光秀さん。意味がわからない！　そんな理由で行くのかよ！　全て置いて行けんのかよ！

光秀　だったらどうする？

藤吉郎　やめろ！　それだけは……それだけはしちゃ駄目だ！

光秀　だったら俺を殺せ。ここで俺を斬ってくれよ……。

藤吉郎　そんな事……出来ない。

光秀　……ならば行くしかないぞ。

藤吉郎　嫌だよ！　光秀さん！　俺……あんたに憧れてた！　いつも一番に殿に呼ばれて、何でも相談されて、強くて、頼りになって……悔しかったけど、死ぬ程悔しかったけど……でも俺は憧れてた！　あんたなら殿の後を継いでもいいって。選ばれた人間だってずっと思ってた！　だから行かないでくれよ！　今までみたいに殿を助けてくれよ！　あんたも殿も死んでしまうのは嫌なんだよ！

光秀　……それを今更言って何になる。

藤吉郎　わかんねえよ！　でも、きっと殿もそう考えてる！　絶対にそうだよ！　この後を任せてくれるよ。俺だって全てを懸けてついていくから！

光秀　お前は何も、わかってないんだな。

藤吉郎　何がだよ……。

光秀　どうして気づいてやれない？　あの人が命を懸けて伝えたい事をわかってやれない？　宝の意味をわかってやれない？

藤吉郎　どういう意味だよ？

光秀　あの人の宝は、お前達だろ。そして一番近いのは、お前だ。

藤吉郎　え……？

光秀　俺はお前が嫌いだぞ。ずっとな……。

藤吉郎　……やめろよ。

光秀　お前は来なければいいと思ってた。追いつかなければいいと、そう願っていた。最期の賭けだ。だが、お前は来るんだな。残念だが、選ばれてるのはお前だ。

藤吉郎　やめろ！

光秀　お前は俺を選ばれた人間だと言った。だがいつも選ばれていたのは、お前だ……。

藤吉郎　俺……。

光秀　信長様はな、本能寺で試すそうだ。選ばれた人間の覚悟を。満たない者はその場で斬り殺す。残したいからだ。後世に。そして皆は一人の男を待っているんだ。そいつが来なければ、ゲームは終わらないからだ。誰かはもうわかるな。

藤吉郎　光秀さん……。

光秀　行きたくても俺は行けない。ざくろを祝うんだ。最初から行けないんだよ。あの人を斬る事も、あの人のそばにいる事も……こんなに辛い事はない。猿、行けるのは、お前だけだぞ。それともお前は俺を見殺しにするのか？

藤吉郎　光秀さん！

光秀　背中を覚えておけ。これが、一番欲しかったものを獲れなかった男の背中だ。裏切ったら許さんぞ。猿……俺はな……殿が大好きだ。今まで楽しかったな。

藤吉郎　光秀さん……。

光秀　歴史の後始末は俺がしてやる。明智が信長を殺したと俺が後世に伝えてやろう。だから猿、お前が本能寺にて、信長を討て。

雨が土砂降りになっていく。
動けない藤吉郎。
光秀はゆっくりと歩き出し、退場していく。
残される藤吉郎。

手の平を空に翳し、崩れ落ちていく。
雨の音が強く響く。
八重登場。
藤吉郎を見つめている。

八重　……どうなされました。

藤吉郎　……やらなきゃならないんだ。俺しか、もう俺しか残ってないんだって。そんなの嫌だよ。俺はそんな器じゃない。俺はみんなに期待されるような男じゃない。

八重　だったら逃げなさい。

驚き、顔を上げる藤吉郎。

八重　……だったら逃げればいいじゃない。決して悪い事じゃないよ。あなたがそうしたいなら、それが一番いいと思う。どうするの？　あなたを助けてくれた人や、あなたのかけがえのない仲間や、私に、本当の事を言って。その為に、信長様はこんなに辛い事をしてるんだから。

藤吉郎　……いいのか。もしかしたら、お前も死ぬかも知れんぞ。お前や、お前の家族もみな死ぬかも知れないいんだぞ。

八重　この寧々、覚悟の上です。木下百万石、あなたに預けます。好きにお使い下さい。ただ……。

藤吉郎　ただ何だ……？

八重　悔いの残らぬよう。どうせ散るなら、盛大に羽ばたいて下さい。私の恥になりますから。あなたの名でしょ。羽柴秀吉殿、気をつけて行ってらっしゃいませ。

頭を下げる八重。
秀吉は立ち上がり、頭上を睨みつける。

藤吉郎　……殿！　この秀吉、本能寺へ参ります。それがあなたへのご恩返しです。

駆け抜ける藤吉郎。
ゆっくりと暗くなっていく。
八重、それを見送り退場。

★

場面変わって安土城。
勝家がじっと座っている。
お市登場。
正座をし、勝家に語りかける。

お市　用意が出来ました。御武運を心よりお祈り致しております。

勝家　……ありがとう。

お市　何も出来なかった事、お許し下さい。せめて見送りだけでも……。
勝家　お市、今日は浅井の七回忌だったな。覚えてるか？
お市　いえ……。
勝家　それではいかん。この日をきっと、上総も考えていた。お前の事を大事に思っての事だぞ。
お市　でも、あなたは私に愛を下さいましたので……。
勝家　嘘はつかなくていい。お前が愛していたのは長政だけだ。……俺は生まれた時からお前を知ってるんだぞ。だから、無理をするな。出陣の前に、これだけ言いたかった。
お市　勝家様……ありがとうございます。お気をつけて……
勝家　行くのは私ではない、お前だぞ。
お市　……え？
勝家　お前が行かなくてどうする？　たった一人の兄だろ。最期を近くから見届けてやれ。
お市　……。
勝家　勘違いするな。俺には出来ん。あいつが生まれたのは俺が十二の時だ。そこからずっと一緒にいたんだ。今になって思えば、あいつのそばにいる事が俺の宝なんだとわかる。だから、待っている者が必要なんだ。生まれた時から死ぬ時まで待っている奴が必要なんだよ。それだけは渡さん。お前にもだ。
お市　勝家様……。
勝家　今よりこの城に帰る事は許さん。背を向けてすぐに去れ。俺には語らなければならない事がある。ここから上総へ……。行け……。

お市　……。

お市は勝家に近づき、目の前で座る。

お市　ではもう少しだけ……私も聞いていいですか？
勝家　お市……。
お市　いいでしょ、妹なんだから……。

微笑む勝家。
遠き場所に、思いを馳せる。

勝家　上総……何から話せばいい……何から話せば……お前は楽しめる。小さい頃か……上総……
上総……。

何度も名前を呼ぶ勝家。
舞台はゆっくりと暗くなり、暗転していく。

★

一つの光。
信長が宝箱の目の前に、座っている。

信長　勝家……そんな話はいらんぞ。

笑いながら、遠き場所に語りかける信長。
ゆっくりとお濃が入ってくる。
見つめ合う二人。

お濃　上総……本能寺へ向かうのね。
信長　ああ……。
お濃　行くなといってもあなたは向かうのよね。止めても、無駄なのよね。
信長　あいつらに教えてやらんといかん。覚悟をな。
お濃　だったら……！

信長の喉もとに刀を突きつけるお濃。
信長は動こうとせず、お濃を見つめている。
動けないお濃。

信長　どうした……斬らんのか？　構わんぞ。
お濃　……出来るわけないわよ。

信長はゆっくりとお濃を抱きしめる。
手から刀を落とすお濃。

信長　お濃……お前には迷惑をかけた。これが終われば好きにしていい。ただ……それはゲームが終わってからだ。
お濃　どうしてよ……？
信長　お前のいない人生はつまらん。俺がいる内はここにいろ。
お濃　上総……。
信長　宝箱を置いてくれ。それはお前の役目だぞ。
お濃　私にやらせないでよ。
信長　帰蝶に戻れるぞ。そうしたかったんだろ。
お濃　いつの話だよ……ふざけるな。
信長　お濃、俺の大好きなこの国は、美しい濃と書く。俺にとってこの国はお前そのものだったぞ。
お濃　上総……何で今になってそんな事……
信長　この信長の最期、しっかりと見届けろよ。頼んだからな。

決意と共に、お濃は宝箱を信長の前に置く。

お濃　……だったら、派手にやりなさい。それがゲームなんでしょ。待っててやるから。決めてきなさい。
信長　すまんな。
お濃　誉めてもらったお礼だよ。いいか、しっかり楽しまないと、示しがつかないからね！　気合い入れろよ！
信長　お濃……お前が妻でよかった。
お濃　上総……一つだけいい？　私一度も聞かせてもらってないよ。
信長　馬鹿言うな。ゲームだぞ。

笑うお濃と信長。
お濃は、正座をし、優しく見送る。

お濃　……行ってらっしゃい、上総。
信長　行ってくる。

音楽。
歩き出す信長。
お濃の舞。
場面は本能寺へと移っていく。

お濃退場。
藤吉郎が駆け込んでくる。

藤吉郎　殿……殿!!
信長　猿……本当にお前が来るとはな。百姓如きにこの俺が斬れるか？
藤吉郎　……あなたから受け取りに来ました。
信長　では、きちっともらってきたんだな？
藤吉郎　はい！
信長　では試してやる。
藤吉郎　殿!!

信長に向かう藤吉郎。
肩口を斬られ、倒れ込む。

信長　ぬるいわ！　何をもらってきたんだ。光秀に、何をもらったんだ。
藤吉郎　殿……。
信長　泣く暇があったら決めて見せろよ。半端は許さんと言ったはずだ！

信長を斬りつける藤吉郎。

信長　猿……天とは何だ？
藤吉郎　国の事です！
信長　雨とは何だ？
藤吉郎　槍の事です！
信長　立ってられんだろうな！　てめえは立てんだろうな！
藤吉郎　はい!!

秀吉の刀をはじき返す信長。

信長　足りんわ！　死ね！

家康が飛び込んでくる。
家康の刀をはじき返す信長。

家康　猿！　力貸してやる!!　この後は徳川がもらうぞ！
信長　何が徳川だ。いらんぞ！
藤吉郎　殿!!
信長　お前らでは渡せんわ!!

藤吉郎と家康を斬りつける信長。
利家が応戦に入ってくる。

利家　私もいます！　殿!!　ここで終わらせるわけには行きません！　こいつらを見届けるまでは！

利家を斬りつける信長。

信長　人に頼るな己でやれ！　前にそう言っただろうが！
家康　殿！
信長　楽しくねえぞ！　本気でやれよ！

藤吉郎・家康・利家を追い詰める信長。
長宗我部登場。
信長を斬る長宗我部。

長宗我部　だったら楽しませてやろうじゃねえか。
信長　……誰だ貴様は？
長宗我部　てめぇとやるのを夢みてきたんだよ!!　刻ませてもらうぞ!!

信長　知らんわ!!

長宗我部を斬る信長。
幸村が入ってくる。

幸村　私も忘れてもらっちゃ困りますよ。一世一代の賭けですから！

信長、長宗我部と幸村を相手にせず、
二人を斬りつける。

長宗我部　てめえ……!!
信長　知らんぞ、誰だお前ら？
長宗我部　長宗我部元親!!
幸村　真田幸村!!
信長　知らん!!

二人を斬る信長。
藤吉郎・家康・利家も参戦するが、相手にならない。

信長　何処に天下があるんだ？　答えろ。
全員　……信長!!
信長　てめえらの宝は何なんだ!!

全員、信長に向かう。だが相手にならず、倒れ込む。

信長　足りんぞ。お前ら、覚悟はどうした？　何処にあるんだ？
全員　信長!!
信長　ゲームにならねえだろうが!!

利家の体を信長の槍が突き刺す。

利家　行けぇ!!

槍を離さない利家。
その隙に、全員の刀が信長の体を貫く。
信長は力を振り絞り、尚も一人一人を斬りつける。
倒れ込む全員。
藤吉郎が、ゆっくりと立ち上がる。

藤吉郎　殿……。
信長　猿……天とは何だ？
藤吉郎　国の事です！
信長　雨とは何だ？
藤吉郎　槍の事です！
信長　……立ってられんだろうな。てめえは立てんだろうな。
藤吉郎　はい。殿、今までありがとうございました!!
信長　宝開けて見せやがれ!!

藤吉郎に向かう信長。
藤吉郎の刀が信長の体を貫く。
静寂が響いている。
信長は静かに、藤吉郎の頭に手を置く。

信長　……大儀であった！
藤吉郎　はい!!

炎の音が響き始める。

ゆっくりと歩き出す信長。
藤吉郎は追いかけようとするが、炎が信長との間を遮る。

藤吉郎　殿……殿！

叫び続ける藤吉郎。
お濃登場。
信長を見つめている。

信長　我が心は天馬の如く空を駆け抜け、我が肉体を走る軌道は雷雨のように激しくあり。今この胸にみなぎる強さは、他の何事にも変えがたいものである。この信長死すときは何者にも悟られず、この肉体が風に朽ち果てるまで流れたく思い、また我が心の意思は風化していただく事を望む。鬼神、人生が五十年あればそれもまた興なり。いずれにせよ我が心は大変すがすがしく、是非に及ばず！

炎の音が強くなっていく。
舞台ゆっくりと暗くなっていく。
叫び続ける藤吉郎。
舞台ゆっくりと暗転していく。

EPILOGUE

舞台ゆっくりと明かりが灯る。
晴れた空。
藤吉郎が一人、座り込んでいる。
目の前には、宝箱が置いてある。
お濃が入ってくる。

お濃　猿……ご苦労だったね。
藤吉郎　いえ……。

藤吉郎は、宝箱をお濃に差し出し、

藤吉郎　これ……。
お濃　どうして？
藤吉郎　あなたが開けて下さい。その方がいいと思うから。俺は……もう受け取りましたから。

お濃　……。
藤吉郎　さあ……。

お濃、宝箱を開ける。
宝箱の中身を見て、驚くお濃。
ゆっくりと笑う。

藤吉郎　お濃様……。
お濃　見なさい……猿。

藤吉郎、ゆっくりと中のものを出す。
中には「阿呆」と書かれた紙が一枚。
座り込む藤吉郎。

藤吉郎　これ……。
お濃　あの人、本当にゲームがしたかったんだね。全く、阿呆はあの人だね。
藤吉郎　いえ……いえ……。

泣き崩れる藤吉郎。

お濃　猿……言ってあげなさい。

藤吉郎は立ち上がる。
精一杯の声を振り絞って、

藤吉郎　殿！　鼻明かしましたよ。ざまあみろ！

音楽。
天高く紙を見せつける藤吉郎。
お濃が笑う。
力の抜けたように、座り込む藤吉郎。
舞台いっぱいの光を受け、お濃が笑っている。

完

帰蝶

登場人物

帰蝶……斉藤道三の娘。後の織田信長の妻・お濃
道三……マムシと呼ばれる美濃の大名。
十兵衛…斉藤道三の配下武将。

謙信……上杉謙信。越後の大名。
信玄……武田信玄。甲斐の大名。
義秋……道三と懇意にしている、後の足利義昭。

元康……松平元康。織田に身を寄せている、後の徳川家康。
蘭丸……森蘭丸。信長の小姓。
お市……信長の妹。浅井長政との婚礼を控えている。
藤吉郎…木下藤吉郎。後の羽柴秀吉。

煕子……石山本願寺に住む謎多き女性。

信長……織田信長。尾張の大名。

従者……織田軍の兵。
伝令……武田軍の伝令。

PROLOGUE

舞台まだ暗い。さっきまで鳴り響いていた軽快な音楽は鳴り止み、
辺りは深い闇に包まれる。
闇の中、鷹の鳴き声が聞こえてくる。
雷鳴。
舞台は突然に始まる。
舞台前方に一人の女。
女の名は、帰蝶。

帰蝶　ちょっと待て!!　それはどういう事だ!!

闇から浮かび上がる一人の男。
男の名は、斎藤道三。
帰蝶の父である。

道三　どういう事もくそもあるか帰蝶。今言ったとおりだぞ。

帰蝶　親父!!
道三　マムシの娘だ。往生際の悪いのは好かん。
帰蝶　……。
道三　俺だって可愛い娘を嫁にやるのは悲しいよ。だが一国の主たる者、そうそう我儘で動けんもんでな。
帰蝶　……だから娘を利用しようってわけか?

高らかに笑う道三。

道三　さすが我が娘だ。察しがいい。
帰蝶　いい加減にし……
道三　尾張だ帰蝶。尾張に行ってもらう。スパイだよ。あそこは是非とも欲しい場所だ。もちろん、いずれはお前にやるぞ。
帰蝶　話を最後まで聞け。親父、これでも一応女だ。それ相応の送り出し方ってもんがあるだろうが。
道三　では行ってくれるのか?
帰蝶　そうじゃない。私は美濃の女だ。器量もわからんような男には嫁げん。
道三　いっぱしな事言いやがって。女の言葉遣いじゃねえだろうが。
帰蝶　聞いてんのか!

道三　聞いてるよ！　帰蝶！　行かなきゃ親子の縁はねえ。今までの恩に報いる為に行ってこい。娘を可愛がるのはそれからだ。
帰蝶　てめぇ……。
道三　そういう国に生まれたんだお前は。いいか、帰蝶、尾張に行かなきゃそれこそ終わりだ。

高らかに笑う道三。

帰蝶　面白くねえよ。
道三　聞けばそのせがれはうつけって呼ばれてる馬鹿息子だそうだ。なあに、気にいらなきゃその場で寝首掻き斬ってこい。
帰蝶　……親父、一ついいか？
道三　何だ？
帰蝶　どうすんだよ、もしそのうつけに私が惚れたら。

道三を睨みつける帰蝶。
道三もまた静かな目で、

道三　そんときゃこの国やるよ。俺の首と一緒にな……。
帰蝶　ふざけんな!!

道三　帰蝶！　一週間後だ。そのうつけがお前を迎えにくる。婚礼は派手にやってやるよ。マムシの娘とうつけの婚礼だ。楽しそうじゃねえか。
帰蝶　……名前は？
道三　何が？
帰蝶　そのうつけの名前だよ！
道三　元服したばかりでな、名前だけは立派なもんだよ。帰蝶、幸せにやれ。
帰蝶　私は名前を聞いてんだ。
道三　……信長。織田上総介信長だ。

音楽。激しく席を立つ帰蝶。
笑う道三。
織田信長登場。
人を斬り捨てながら前に進んでいる。
それを見つめる、また新たな男。
男の名は、名を足利義秋。
その男の前に二人の男が集う。
甲斐の武田信玄。越後の上杉謙信。
立ち止まる信長。対峙する三人。
舞台、鍔ぜり合う瞬間に、暗転。

遠くの場所で、見つめる帰蝶がいる。
帰蝶、上空を見上げる。
鷹の鳴き声が響いている。
舞台ゆっくりと暗転していく。

★

舞台、ゆっくりと小さな光。
その光の中で、道三が酒を飲んでいる。

道三　十兵衛……いるか十兵衛……。

暗闇から現われる男。
男の名は、十兵衛。

十兵衛　……はい。
道三　わかるな。
十兵衛　……帰蝶様をお守り致します。
道三　ああは言っても可愛い娘だ……心配でな。
十兵衛　もし何かあれば私がそのうつけを……。
道三　気をつけろよ十兵衛。

十兵衛　……どういう意味でしょうか？
道三　尾張は四方八方を囲まれてんだ。その屈強な地でうつけと呼ばれているような主なら……三日ともたんさ。
十兵衛　では……本物であると？
道三　うつけと言う意味ではな。ま、可能性の話だ。
十兵衛　……私も、楽しみにしてます。
道三　十兵衛……お前ほどの家臣はおらん。それは俺が証明してやろう。
十兵衛　ありがたき御言葉。
道三　だからこそ十兵衛、取り込まれるなよ。うつけにな。
十兵衛　……。

笑う道三。ゆっくりと退場していく。
十兵衛もまた、素早くその場を後にする。

ACT 1

舞台再び明るくなると、一人の女がそこにいる。
女の名は、お市。
お市は文を握りしめている。

お市　何も言わず出て行く事をお許し下さい。こうする以外、方法が見つかりませんでした。私は……お兄様の道具ではないのですから。いつも言われるままに生きていくのは嫌です。だから自分の意思でここを出ていきます。探さないで下さい……。

お市、物陰の気配に気づき、サッと見を隠す。
そこに入ってくる。

帰蝶　ったく……冗談じゃない。こんな所さっさと出てってやる……。

ふてくされている帰蝶。

物陰の気配に気づき、

帰蝶　ちょっと誰……誰だよ！

お市　……。

帰蝶　十兵衛……また十兵衛か⁉　私は見張られてるみたいなのは嫌なんだよ！　十兵衛‼

帰蝶、刀を抜く。

お市、ゆっくりと入ってくる。

帰蝶　あんた……誰だい？

お市　……。

帰蝶　見ない顔だね。

お市　少し迷ってしまったみたいで……。

帰蝶　何だそれ。

お市　あまり一人で外に出た事がないものですから。

帰蝶　駄目だろそんなんじゃ。ま、いいか……。あんた……ここに誰か来ても私に会った事は言うんじゃないよ。いいね？

お市　……はい。

帰蝶　気をつけて帰れよ。

お市　……。

帰蝶、帰ろうとするが立ち止まる。

帰蝶　ったく……これだから女は嫌なんだ。あんた、家、何処だ？
お市　え？
帰蝶　家だよ家。
お市　尾張です。
帰蝶　ったく!!　よりにもよって嫌なとこに住んでるね。行くよ。
お市　あ、いや大丈夫です。
帰蝶　迷ってんだろ。私だってこんな面倒くさい事したくはないんだよ。早く。
お市　本当に大丈夫ですから。
帰蝶　ぶっとばすよ。ここであんたに死なれたら夢見が悪いんだよ。
お市　帰れないんです。私、どうしても……。
帰蝶　……何で？
お市　……。
帰蝶　ま、話したくないなら無理には聞かないけど……さ。
お市　……私には兄が一人いるんです。その兄に反抗する為に、家出をしてきました。どうしても納得がいかないから。

帰蝶　あら。
お市　何ですか？
帰蝶　あ、いや……知り合いに同じような奴がいたからさ。ま、いいや、続けて。
お市　兄……いつも一人で全て決めてしまうんです。周りの意見も一切聞かないで。今回の事だって、私の意見も何も聞かずに、全て。
帰蝶　……へえ。
お市　私……気づいてほしいんです兄に。そんな風に自分一人で全部やってたら、いつか、愛想尽かされちゃうって。いつか兄の周りには誰一人として残らなくなってしまうって。だから、出てきました。
帰蝶　じゃ、言ってやりゃいいじゃないか？　お前間違ってるって。
お市　それは……。
帰蝶　大方どうしようもない兄貴なんだろ。
お市　それは違います。兄は間違った事をしません。決して駄目な人ではありませんし、失敗だってないんです。
帰蝶　だったらいいじゃないか。
お市　……。
帰蝶　まあ、あんたの好きにすればいい事だからこれ以上は言わないけど、でも私は気づいてると思うけどね。
お市　え……。

帰蝶　あんたの兄貴、気づいてると思うよ。そういう人なんだろ。
お市　……。
帰蝶　そういう人だろ。周りの事を聞いた上で自分で決めてる。自分だけの責任でね。そんな人に、あんたの考えてる事なんてお見通しだよ。
お市　でも……。
帰蝶　あんたがやるべき事は、ここから逃げる事じゃないと思うけど。兄さんのそばにいて、一番近くで真っ直ぐ睨んどけばいい。
お市　……。
帰蝶　私だったらそうするだけだ。嫌ならやめな。まあ、私には関係ないからな。
お市　あの……。
帰蝶　なんだい？
お市　ありがとうございます。

そこに一人の男が入ってくる。
男の名は、松平元康。

元康　お市様……お市様！　こんな所にいたんですか⁉
お市　元康……。
元康　大丈夫ですか⁉　こんな所まで……駄目です。勝手な事をなさっては……皆心配してます。

勝家さんなんか泡吹いちゃってますよ。カニかと思いました。さあ、帰りましょう。

帰蝶　……あんた、何処そのお姫さんだったみたいだね。

お市　あ、いえ。

元康　……誰ですか？　この極道みたいな女は？

帰蝶　うるさいよ。

お市　さっき知り合った方です。私に色々親切にしていただいて……。

元康　駄目ですよ。こんな不貞の輩とお付き合いなさっては、良くない事を教えられます。あ……た、た、煙草とか吸ってませんか……後で風紀検査しますからね。もし殿にばれたら俺は打ち首ですよ。

帰蝶　あんた、言いたい事言ってくれるじゃないの。

元康　ね、怖いでしょ。こういう人はね、みんな怖いの。だから付き合っちゃ駄目なんですよ。

お市　元康。この方はね、私を止めてくれていたんですよ。

元康　あ、そうなんですか。すいません、いい人だったんですね。お市様は、世間知らずでどうしようもないんですよ本当。すいませんね。

お市　……。

元康　さ、帰りましょう。

元康、お市を連れて帰ろうとする。

しかし、お市は応じない。

元康　あれ、何か失礼な事言いましたか？　言ってないですよね。
帰蝶　言ったよ。
元康　嘘。言ってないですよ、ね。
お市　私は世間知らずですから帰りません。
元康　また我儘言って、もうどうしようもないぞ。さ。
お市　帰りません。
元康　ちょっと、言ってやって下さいよ姐さん。
帰蝶　その姐さんってのは止めてくれる？　……あんた、折角お迎えが来てんだ。おとなしく帰んな。
お市　……。
元康　確かに、会った事もない男に嫁ぎたくないという気持ちはわかります。だけどこれは、我らにとって重要な事なのです。
帰蝶　!?……。
お市　そんな事はわかってます。
元康　浅井長政殿は切れ者だと伺っております。だからこそ殿はあなたを長政殿に……。
お市　私が帰らないのは嫁ぐのが嫌だからではありません。
元康　では……。
お市　お兄様にどう仕返しをしてやろうと考えてるからです。
元康　……お市様。

お市　そういう風に、この方が教えてくれました。

帰蝶に微笑みかけるお市。

帰蝶　……。
元康　姐さん……ありがとごぜえやす姐さん!!
帰蝶　いや、帰るな。そんな兄貴に従う必要はないよ。
お市　え?
元康　どういう事でやんすか姐さん?
帰蝶　うるさいんだよお前は。結婚なんかする事はないよ。やめときな!
お市　え、でもさっき……。
帰蝶　前言撤回だ。どうしてこう勝手なんだろうな全く。とにかくやめな。結婚は駄目だ。女を道具にするなって言ってやれ!!
お市　……じゃあ私は、どうしたら……。
帰蝶　帰るな。いいね!
お市　はい。元康……と言う事なので……。
元康　ええ!?　おい……お前、こら。ちょっと優しいお兄さん気取ったらつけあがりやがって。折角、お市様が帰ってくれるって言ったんだぞ!!
帰蝶　だから何だよ。

元康　泣く子も黙る殿の懐刀・松平元康を知らないらしいな。
帰蝶　知らないね。
元康　ではお前に教えてやろう。女に本意ではないが、お仕置きだ。

元康、刀を抜く。

お市　元康、やめなさい。
元康　大丈夫ですよお市様、本気は出しませんから。おい！　俺の刀の目利きは尾張一だ。
帰蝶　ほお、私とやろうってのかい？
元康　もちろんお前に合わせて、ちょこちょこっとやってやるよ。
帰蝶　そりゃ楽しみだ。

帰蝶、刀を抜く。
睨み合う帰蝶と元康。

お市　元康!!　止めなさい！
元康　はい、やめます。
お市　え？
元康　帰りましょう。あ、お市様。

帰蝶　おい!!
元康　すいませんでしたね。今度会った時は、姐さんって呼ばせてもらいます。さ。
お市　元康どうしたの？
元康　俺の目利きは尾張一ですよ。やめときましょう。クイズです。一、敵わない。一。正解。さ、帰りましょう。
お市　ちょ……ちょっと元康。

元康、お市を連れて逃げるように退場。
呆気に取られる帰蝶。

帰蝶　なんだいあいつは……。

そこに十兵衛が入ってくる。

十兵衛　面白い男がいるもんですね。
帰蝶　……やっぱりいたのかい？
十兵衛　もしあの男があなたの旦那さんだったらどうします？
帰蝶　斬り刻んでやる。駄目な男は嫌いだ。
十兵衛　そうでもありませんよ。刀を抜いただけで見抜くとは、確かに尾張一かも知れません。

帰蝶　どうでもいいよそんな話は。やめな。
十兵衛　では帰蝶様、今日の所は帰りましょう。日が暮れます。
帰蝶　嫌だね。
十兵衛　道三様がお呼びです。面白いものが見れますよ。
帰蝶　面白いもの？
十兵衛　ええ、きっとね。あなたのこれからに関わる面白いものが。さ、行きましょう。

十兵衛退場。鷹の鳴き声が聞こえる。
ふと帰蝶、それを見上げる。

帰蝶　今日はよく聞くねえ……。

帰蝶退場。
舞台ゆっくり暗くなっていく。

★

場面変わって、美濃。
斉藤道三の城。
一人の男が扇をあおぎながらくだを巻いている。
名を、足利義秋。

義秋　の・ぶ・な・が。
道三　……はい。
義秋　誰だそりゃ、知らんぞ。帰蝶ちゃんも嫁入りか～。
道三　義秋殿が知らないのも無理はない、小国尾張の跡取ですから。
義秋　あらそう。そんな輩に興味はないの。それよりもマムちゃん聞いて！
道三　何ですかそれは？
義秋　マムシだからでしょ。美濃のマ・ム・シ。蛇なんだから。今時そんな風に呼ばれてね、喜んでちゃ駄目。もっとさ、可愛く売ってこうよ。顔怖いんだし。
道三　ほっといてもらって結構。
義秋　またマムちゃん怒る～。な、御願いだよマムちゃん、俺の頼み聞いて。ね、聞いて。
道三　私に頼まれても困るんですが。
義秋　お前しか頼る人もういないんだよ、な、な。頼む、やばいんだよ俺。このままじゃ天下の復権はないんだ。俺はトップだぞ。室町幕府のトップが何でこんな思いをしなけりゃならんのだ。
道三　何故でしょうねえ。そういう時代だからなんじゃないですか。
義秋　馬鹿言うなよ。そんな時代であってたまるか。
道三　私よりも他に頼む奴がいるでしょう。
義秋　いや俺は大好きなんだよマムちゃんが。マムちゃんがいい！
道三　大方他の奴らには断られたんでしょうが。将軍、いい加減諦めたらどうですか？　俺は今そんな事に興味はないんですよ。

義秋　……何だその口の聞き方は……。道三、てめえ天下の室町幕府とわかってそんな口聞いてんだろうなあ!!

道三　そうですが。

義秋を睨みつける道三。

義秋　だよね、だよね、わかってた。わかってたからそんな目やめて。ごめんね。

道三　さあ帰った。これから客人が来るんですよ。

義秋　頼むよ。お願いだ、このままじゃまずいんだよ。信玄や謙信に一泡吹かせてやりたいんだ。お前しかいない。あの調子に乗ってる奴らに天下の権威を見せつけてやりたいんだ。

道三　一泡ねえ……。

義秋　そうだ!　その為に私はもう一度京に入らなければならん。な!!

道三　それは私の役目ではないんですけどね……。

義秋　お願い。な!　悪いようにはせん。二人であいつらをやろう。

道三　本当にやれますか、あなたに?

義秋　やれるよ俺は、毒殺でも何でもやっちゃう。な!　やっちゃおうぜ!!

道三　だとよ、どうする?

音楽。
一人の男がゆっくりと入ってくる。
男の名は、武田信玄。

信玄　そりゃ聞き捨てならんな将軍。
義秋　し……信玄⁉
信玄　あんたこんな所まで来てんのか？　暇な奴だな。
義秋　何でお前がここに……⁉
道三　言ったでしょうが。客人が来るって。
信玄　俺はあんたの毒じゃ死なねえよ。いつでも盛ってくれ。なんなら今ここで飲み比べでもしようや。
義秋　いやいや滅相も……。道三！　道三！　何でお前と信玄が会うんだ⁉
道三　ちょっと頼みがありましてね。将軍、丁度いい。こいつに頼んだらいいじゃないですか。
義秋　いや……この人はもういい。
道三　どうして？
信玄　なんだ、あんた結局道三にまで頼んでんのか？　相変わらず喰えん男だな……。
義秋　いや……。
道三　やっぱりね。
信玄　将軍、男ならどさっと構えてろ。あんたの家臣の為にな。その方が気持ちいいもんだ。

道三　あんまり苛めてやるな。
義秋　信玄……いつか見てろよ。お前に馬鹿にされるほど、落ちぶれちゃいない。
信玄　よし、じゃあ俺が試してやろう。
義秋　道三！
信玄　みっともないぞ。俺らはこの身一つで天下獲ろうってんだ。肩書きなんかいらねえんだよ。
義秋　やめろ……信玄……道三!!

そこにもう一人の男がゆっくりと入ってくる。
男の名は、上杉謙信。

謙信　そのくらいにしとけよ。将軍様だぞ。
義秋　……!?　謙信……何で貴様までが……!?
信玄　よお……。
謙信　どうも。
道三　遅かったじゃねえか。
謙信　そりゃ遅くもなりますよ。風林火山の軍勢が城の周り固めてんだから。信玄、兵多すぎ。セコムにしとけよ。楽だぞ。
信玄　やっぱあれいいのか？
謙信　ああ。

仲よく話し始める信玄と謙信。
義秋は驚いて、

義秋　……こんな馬鹿な事が……。
道三　何がですか？
義秋　何言ってる⁉　武田と上杉が何でここで会うんだ！　こいつらは生涯の……
道三　俺が呼んだんですよ。
義秋　……お前ら……どうなってる……？
道三　たまにはこういう事もありますよ。昨日の敵は今日の友。こいつらは、半端じゃありませんがね。
義秋　……信じられん……。

信玄と謙信が睨み合う。
笑って見つめる道三。
二人はゆっくりと近づき、

信玄　この！　この‼
謙信　何だこの！　この‼

子供のような、取っ組み合いを始める二人。

義秋　喧嘩してるよ……。
道三　やめろ！　喧嘩やめなさい！
謙信　何だよハゲ。
信玄　うるせえ坊ちゃん。
義秋　子供の喧嘩だよこれ……。
道三　今日はやめとけ今日は。
信玄　だってこいつがさ……。
謙信　俺悪くねえよ。
道三　二人とも！　やめなさい！

冷静になる二人。

信玄　すまなかった……相変わらずやるじゃねえか。
謙信　お前もな。
義秋　こんな川中島……やだな……。
謙信　道三殿、しかし信玄まで呼ぶとはどんな用なんですかね。

信玄　俺もこいつがいるとは聞いてなかった。
道三　すまんな。実は娘を嫁にやる事になってな、お前らに頼みたい事があるんだ。
信玄　……ほお。
謙信　……それで？
道三　そいつに教えてやって欲しいんだよ。この戦国の世の厳しさをな。
義秋　……道三。
道三　可愛い一人娘だ。ただでやるには惜しくてね。どうだ、やってくれんか？
謙信　……いいですけど、手加減は知りませんよ。
信玄　死んでも構わんのか？
道三　構わん。

雷鳴。
雨の音が響き始める。

道三　お前らが認めたら、終わりだ。俺も安心して嫁にやれる。
謙信　見返りはあるんでしょうね。
道三　もちろん。
信玄　半端だったら許さんぞ道三。
道三　安心しろ。俺はお前らに恥かかすような真似はしねえよ。

謙信　その言葉、忘れないでもらおう。で、その婿殿は何処に？
道三　なあに、すぐ会えるよ。すぐにな。
信玄　俺はこいつとやらなきゃならん事がたくさんあるんだ。手短かに行くぞ。
道三　その通りだ……早い方がいい。そうだろ信長よ？

ゆっくりと入ってくる信長。
睨み付ける信玄と謙信。
真っ直ぐに二人を見つめている信長。

信長　ああ……その方が手っ取り早くて済むからな。
道三　せっかちな男だな、全く……。
義秋　道三……こいつは……。
道三　婿殿ですよ。
信長　お前に用はねえよ。邪魔だぞ横分け。
義秋　横分けじゃないけど……。

笑う信玄。
謙信と共に信長に近づいていく。

信玄　若造。礼儀を知れよ。
謙信　戦国で生きるなら大事な事だ。
信長　面倒くさいのは嫌いなんでな……一発で決めようや。
道三　そりゃあいい。

対峙する三人。

義秋　道三……こいつらを止めろ！　道三!!

子供のような取っ組み合いを始める三人。

三人　この、この！
義秋　やっぱりこう来ると思った……。
道三　やめろ！　だからやめなさい!!
謙信　だって年下のくせにさ。
信玄　挨拶しろよ挨拶。
信長　うるせえ。
道三　三人とも!!　やめなさい!!

冷静になる三人。

信玄　すまなかった。つい熱くなってしまってな……。
謙信　なかなかやるじゃねえか。
信玄・謙信　認めた。
道三　認めるな！　真面目にやるんだよ。真面目に。
義秋　この人達はなんなの？　ねえ道三？　何？
道三　信長、お前が天下獲るには、どうしたってこいつらが目の前にいる。相手としては申し分ねえだろう。
信長　全くだ。一泡でも吹かせてくれなきゃ張り合いがねえからな。
謙信　……生意気だぞ小僧。
信玄　器きちんと持ってんだろうな。
信長　織田上総介信長だ。非礼は名乗りをもって許してもらおう。

刀を抜く信長。

信玄　今ここでやろうってのか。
謙信　いいじゃねえか、お前大したもんだよ。

謙信、信玄も刀を抜く。

道三　ちょっと待てよ。どうせなら、もっとでかい所でやってもらわんとな。今日は義秋殿もいる。
　室町に非礼を働くか？

三人、義秋を睨みつける。

義秋　すいませんでした……。

刀を納める三人。

道三　ま、そういう事だ。二人ともよろしくな。
謙信　越後の龍だ。早えとこ決着つけるからよろしくな。
信玄　久しぶりにこいつ以外に興味を持った。面白い奴である事、祈ってるぞ。

謙信、信玄退場。

道三　……どうだ、信長。
信長　何がだ？

道三　奴らは只者じゃねえだろ。
信長　まあな。……親父殿、大層な出迎えじゃないですか。
道三　うつけには丁度いい。
信長　だったら楽しませてやるよ、あんたを。本気でな。
道三　言うじゃねえか。
信長　親父殿、それとこの横分け借りるぞ。
義秋　え⁉　何で？
道三　天下の将軍様だぞ。何をする気だ？
信長　わからん。面白そうだからな。おい、行くぞ横分け。
義秋　あのね……さっきから分かれてないんですけど……。

義秋の首を摑み、連れて行く信長。

義秋　ちょ……ちょっと……
道三　信長……ただではやらんぞ。わかってるんだろうな。
信長　どっちをだ？
道三　決まってんじゃねえか。
信長　俺が欲しいのは一つだけだ。それはもらいますよ、親父殿。
義秋　ちょっと……おい！

信長、嫌がる義秋を連れて退場。

道三　……帰蝶、ちゃんと聞いてたか？

ゆっくりと帰蝶が入ってくる。

帰蝶　あいつが……。
道三　いいな……尾張をもらう。そのつもりで嫁げ。
帰蝶　……。
道三　やりたいようにやらせるほど、いい親父じゃねえぞ俺は。安心しろ。

道三退場。

帰蝶　あんなのは……嫌だ。

走り出す帰蝶。
その後ろ姿を見つめる十兵衛。
舞台、段々と暗くなっていく。

ACT 2

場面変わって、尾張・岐阜城。
三日後。
乗り込んでくる帰蝶。

帰蝶　話がある!!　誰かいないか!?　話がある!!　早く出てこい！

従者と共に入ってくるのは女。
女の名は、蘭丸。

蘭丸　……何者だ？
帰蝶　美濃から来た帰蝶と言う。織田上総介信長に話があって来た。
蘭丸　……帰蝶？

刀を構える従者達。

蘭丸　よせ……。

止める蘭丸。

従者1　しかし……

蘭丸　この方は侵入者ではない。下がれ。

従者達　ハッ。

従者達退場。

蘭丸　ではあなたが……。名も名乗らず申し訳ございません。小姓の蘭丸です。帰蝶様……これからは何なりと私に……

帰蝶　それが嫌だからここに来てんだよ。

蘭丸　……どういう事ですか?

帰蝶　婚礼の儀はなしだ。織田上総介に伝えてくれ。

蘭丸　ちょ……ちょっと待って下さい。

帰蝶　私はうつけなんかに嫁ぐつもりはない!

蘭丸　そんな事が許されるはずがありません。

帰蝶　じゃあんたは許せる？　好きでもない男に嫁げるのか？　昔の話じゃあるまいし。
蘭丸　これ、昔の話です。
帰蝶　何？
蘭丸　あ、いえ……しかし、婚礼の儀までは後四日しかないんです。それは……
帰蝶　そんな事知るか？　もういい、あんたじゃ埒があかない。本人を出せ本人を。
蘭丸　帰蝶様……
帰蝶　織田上総介！　出てきな！　話があるんだよ!!
蘭丸　おやめ下さい！　帰蝶様！

そこに入ってくる元康。

元康　……何、何？　ったくうるさいよ蘭丸。
蘭丸　元康殿……
元康　うるさくしちゃ駄目でしょ。ぷんぷんするぞ。ぷんぷん。
蘭丸　その意味がわかりません。
帰蝶　お前……？
元康　あ、姐さん!!　やべ、蘭丸逃げるぞ。こんなとこいちゃ駄目だ。
蘭丸　あ、でも……
元康　あの人やばいの。強いぞ。もうないないしよう。ないない。

蘭丸　でもあの人、帰蝶様なんです。
元康　帰蝶だろうが何だろうが今はないないなの！　早く！　じゃあ姐さんお達者で！
帰蝶　あんた……あいつの家臣だったのか。って事は……。

そこに入ってくるお市。

お市　どうしたの二人とも……あなたは。

溜息をつく帰蝶。

帰蝶　やっぱりね……。
蘭丸　あ、お市様、帰蝶様です！　帰蝶様が婚礼の儀について……。
お市　帰蝶って……あなたが帰蝶様なのですか？
帰蝶　偶然はあるんだね。あんた妹かい？
お市　はい！　お市です。
元康　言ってる場合じゃないでしょ……行きますよ、あの人やばいんですって。みんなでないないしますよもう!!
お市　元康、お義姉さんですよこの人。
元康　お姉さんじゃないの、姐さん。世話のかかる人だよこの人は。

お市　そうじゃなくてこの人が私のお義姉さんになるんです。美濃の姫様ですよ。
元康　何言ってんですか。美濃の姫様は帰蝶様でしょ。蘭丸がさっきから言ってるじゃないですかなあ。
蘭丸　はい。
元康　ええっ!?　蘭丸!!

驚く元康。
全員、呆れている。

元康　この人……帰蝶様だよ!!　何で早く言わないんだよ。
蘭丸　さっきからそう言ってたんですけど。
元康　姐さん!!　姐さんから、お義姉さんに変えさせてもらっていいすか!!
帰蝶　駄目だよ。
元康　断られた。俺、断られちった。蘭丸、俺断られたよ。
蘭丸　三回言わなくていいです。
元康　……。

はじの方で落ち込んでいる元康。

お市　帰蝶様、屋敷を案内します。行きましょう。
帰蝶　その必要はないよ。
お市　どうして、皆を紹介しますから。
蘭丸　帰蝶様は婚礼の儀をお断りに来られたのです。
お市　本当ですか!?
蘭丸　はい。先程から……
帰蝶　悪いけど……あんたの姉さんになる気はないんでね。理由はあんたと一緒だよ。
お市　でも……
元康　そうだったんですか。じゃあ別に俺が嫌いってわけじゃないんですね。よかった。
帰蝶　嫌いだよ。
元康　……。

はじの方で落ち込んでいる元康。

蘭丸　私、殿にお伝えしてきます……。

蘭丸、走り去り退場。

帰蝶　悪いけど、あんたから兄貴に伝えてくれないか？　面倒くさいのは嫌だから。

お市　そういうわけには……いきません。あの、考え直すわけにはいきませんか？
帰蝶　何言ってんだよ。家出までしておいて。
お市　そうですけど……。
帰蝶　まだ私は誰かのものになるつもりはないんだ。そういう付属みたいなのは嫌いだから。
お市　帰蝶様。
帰蝶　あんたもちゃんとしなよ。そんな人生つまらないからね。
お市　……はい。でも、残念です……。
帰蝶　何が？
お市　だって、あなたみたいな人がお義姉さんだったら嬉しいから……。
帰蝶　冗談やめてよ。私はこんな手のかかる妹は嫌だね。
お市　すいません。
帰蝶　まあ、困った事があったら美濃に来な。少しくらいは相手してやるから。
お市　帰蝶様。
帰蝶　じゃあね。

そこに信長と首輪に繋がれた義秋が入ってくる。
追って入ってくる蘭丸。

蘭丸　殿……こちらです。

義秋　貴様！　信長！　何で私がこんなものをせねばならんのだ……。
帰蝶　お前……。

信長はお濃を見て笑い、

信長　……とんだ客人だな。
帰蝶　ふざけた奴だなお前は。お前に話があるからここまで来たんだ。
信長　丁度いい、ちょっと付き合え。
帰蝶　何言ってんだ？
信長　丁度いい馬が手に入ったんだ。構わんだろ。
義秋　私か！　馬じゃないだろ。

信長は義秋を見つめ、

信長　……横分け丸と言う。
義秋　今の間、何なんだよ。横分けじゃないって言ってんだろ。
帰蝶　お前なんかと遊んでる暇はないんだよ。私は……
信長　ついてくりゃ、お前の望み通りにしてやるよ。それで問題ねえだろ。
帰蝶　……。

お市　お兄様、何処へ行かれるんですか？
信長　すぐ戻る。蘭丸、明日の朝、兵を用意しとけ。
蘭丸　兵をですか⁉　しかしいきなりでは……
信長　しておけ。
蘭丸　……わかりました。
信長　元康、お前は武田を攻めてこい。いいな。
元康　本当ですか⁉　いや、厳しいな……。
信長　獲ってこい。面白え事になるぞ。
元康　は……はい!!
信長　乗れよ帰蝶……いいだろ。
帰蝶　本当だろうな。約束は守らなかったら斬るぞ。
信長　当たり前だ。こいつの横分けに誓ってやるよ。
義秋　じゃ、駄目じゃん、横分けじゃないんだから。
信長　うるせえなお前は。斬り殺すぞ。
義秋　ヒヒーン!!

信長は帰蝶を連れ退場。
首輪に繋がれている義秋、仕方なく退場。

お市　もう……。
元康　やべえ……こんな事してる場合じゃないや。蘭丸……俺勝てるのかなぁ。
蘭丸　どうでしょう？
元康　負けて死んだら泣いてね。よろしく。

元康、走り去り退場。

お市　元康!!

顔を見合わせる蘭丸とお市。
ふと、蘭丸はある事を思い出す。

蘭丸　ああ……だからか。
お市　どうしたの？　蘭丸……
蘭丸　いえ……ちょっと思い出した事がありまして。
お市　何？
蘭丸　殿に怒られます。
お市　ふうん。ねえ……あの人……もう来ないのかな？
蘭丸　横分け丸の事ですか？

お市　違うわよ、帰蝶様。本当に婚礼の儀、なくなっちゃうのかな？
蘭丸　私はね、……そんな事ないと思いますよ。
お市　どうして？
蘭丸　さあ……お市様……そろそろお部屋にお戻りになって下さい。
お市　少しぐらい教えてよ、蘭丸。

蘭丸、お市退場。
舞台はゆっくりと夜の色に染まっていく。

★

場面変わって、本願寺。
信長登場。義秋を連れている。
遅れて入ってくる帰蝶。

帰蝶　……お前、何処まで行くつもりだ？
信長　……。
帰蝶　おい!!
信長　焦るなよ。まず馬に水を飲ませるのが先だ。
義秋　いらないよ。
帰蝶　お前についてきたぞ。約束は守ってもらうからな。聞いてんのか？

信長　おい。ちょっと横分け丸を見ててくれ。

信長、手綱を渡す。

帰蝶　ったく……何で私が……。
義秋　うん、そういう事じゃなくてさ、あんたもおかしくない？　これ受け取るの。
帰蝶　喋れるのかお前は？
義秋　さっきから喋ってるよ!!
帰蝶　お前、馬だけはいいの連れてんな。
義秋　……あえて冷静に言うけど、君達は狂ってるからね。気づいてね。

景色を見渡す信長。

信長　ここは、是非とも欲しい。そう思わんか？
帰蝶　何だよこれは……。
信長　ざくろの実だよ。

帰蝶、同じように景色を見渡す。
ざくろの木には、花が咲いている。

帰蝶　ざくろなんかに……花が咲くのかよ。
信長　お前は知ってるか、ざくろの実ってのはな……人肉の味がするんだぞ。
帰蝶　人肉……。
信長　そうだ、横分け丸は人肉喰った事があるか？
義秋　うん。普通に考えてあるわけないよね。
帰蝶　だけど、そんな風には見えないね……この花は。
信長　そこがいいじゃねえか。お前もそう思うか？
帰蝶　まあね。
信長　その言葉……忘れんなよ。
帰蝶　どういう意味だ……信長。
信長　深い意味はねえよ。帰るぞ。
帰蝶　ちょっと待て。いきなり来て帰るのかよ。
信長　どうどうどう……。

義秋を手なづけている信長。

帰蝶　話、聞いてんのか？
義秋　……もう横分け丸でいい。それでいいからもうちょっと大切に扱って。

信長　お手。
帰蝶　信長!!

そこに一人の女が入ってくる。
女の名は、熙子。

熙子　……この本願寺門前で何をしているの？
帰蝶　あ、いや……。
義秋　ああ!!　もう助けて。こいつがね……こいつが俺に対して無礼極まりない態度をするんだよ!!
熙子　この場所を荒らすなら、本願寺門徒宗八万、黙っていませんよ。
信長　荒らすつもりなんかねえよ。もらいに来たんだ。
帰蝶　お前、何言ってる!?
信長　いつかもらうから、覚悟しとけよ。本願寺顕如に言っとけ。横分け丸、こいつを連れて帰れ。
義秋　嫌だね！
信長　行かないとお前どうなるか……。
義秋　……。

怖がる義秋。

熙子　……行った方がいいんじゃないですか。お馬さん。
義秋　お前まで言うなよ！　……連れてったらお家に帰してよ！　いいね!!
帰蝶　信長……。
信長　お濃、尾張で待ってろ。すぐ戻るからよ。
帰蝶　何だその呼び方……私は、帰蝶だ。
信長　いいんだよ。横分け丸!!
義秋　ヒヒーン!!
帰蝶　ちょっ……ちょっと……信長……!!

義秋、帰蝶を連れて出る。退場。

熙子　……あなたは何故ここに残るの？
信長　三日後だ。三日後にこの地を奪う。用意をしておけ。
熙子　ふざけた事を……。
信長　祝いの品が必要なんでな。悪いが本気だ。
熙子　くだらないわ。早く出て行きなさい。
信長　顕如ってのは何故だか表に出てこない。俺が引きずり出してやるよ。
熙子　……本願寺をなめると、痛い目を見るわよ。

熙子、微笑みゆっくりと退場。
信長は、刀を抜く。
いきなり振り抜く信長。

信長　出てこい。

その刀の先には、十兵衛がいる。
十兵衛の喉下に、刀を突きつける信長。

十兵衛　……。
信長　遅いぞお前は……後つけんなら迅速にやれ。
十兵衛　……気づいて……いらしたんですか？
信長　親父殿に伝えろ。帰蝶を三日ばかし借りるぞ。お前の命と引き換えにだ。
十兵衛　何を⁉
信長　俺はやると言ったらやる。
十兵衛　……あなたは……。
信長　覚悟決めろよ。どうすんだ？
十兵衛　伝えるわけにはいきません。例え三日でも、美濃の姫君です。

信長　……。

信長、静寂の後に刀を納める。

十兵衛　……どうして？
信長　ならお前はこのざくろの国を獲れ。それが引き換え条件だ。

その場を去ろうとする信長。
十兵衛は必死に、

十兵衛　お待ち下さい！　私は伝えません！
信長　条件が変わったんだ。もう始まったぞ。

信長退場。
その場に立ち尽くす光秀。

★

雷鳴が鳴り響く。
場面変わって、美濃。
道三が入ってくる。

道三　……どうした？

十兵衛　あの男は危険です……殿……御婚礼はお止め下さい。

道三　……って事は見つかったか……。お前ほどの男が珍しいな。

十兵衛　帰蝶様を人質に取られました。これは美濃に対する宣戦布告です。

道三　いいじゃねぇか。いずれ婿になるんだぞ。

十兵衛　そうでは、ありません。引き換えとして私に本願寺を落とせと……。

道三　そりゃ、面白い。お前、やれんのか？

十兵衛　殿!! 冗談を言ってる場合ではありません。

道三　義龍が挙兵をした。

驚く十兵衛。

十兵衛　……え……？

道三　息子に命狙われるとは、そう滅多にねぇ経験だな。

十兵衛　……馬鹿な!? 何かの間違いです。義龍様はそのような……

道三　本当の話だ。十兵衛、ちょっと手一杯になるぞこりゃ。娘の婿探しを楽しみにしてたんだがな。

十兵衛　殿!?

道三　お前はしばらく戻ってくるな。その条件、飲んでみろ。行け。
十兵衛　……。

十兵衛退場。
そこに謙信が入ってくる。

謙信　道三殿……大変みたいですね。
道三　謙信か……。余計なお世話だ。
謙信　そうでした。
道三　それよりも、しっかりやってくれよ。お前らは、戦国の覇者になるんだろ。
謙信　もちろん……楽しませてもらいますよ。

謙信退場。
道三は文を出し……筆をしたため始める。
舞台暗くなっていく。

★

場面変わって、岐阜城。
お濃が手紙を読んでいる。

お濃　三日の間……帰ってくるなだと……？　……あの親父……本当いい加減にしろよ。

元康登場。

元康　殿!!　殿!!
お濃　どうした……血相変えて。
元康　あ、帰蝶様。ちょっと……何でいないんだよ、ちくしょう……。

慌てている元康。
蘭丸が入ってくる。

蘭丸　元康様……どうされたんですか!?
元康　今川義元が攻め込んでくる！　田楽狭間だ！　大勢の行軍がひっそりと尾張に向かってきてる!!
帰蝶　ちょっと……あんたら大丈夫なのかい!?
蘭丸　今の私達に今川では……正直……。
元康　今川の数は四万は下りません……うちらでは……。
帰蝶　いくつなんだ……。
元康　集めても四千程度です……。

帰蝶　駄目じゃないか……信長は何処に向かってるんだよ⁉
元康　わかりません……このままじゃ……くそ！
帰蝶　……私が探してきてやる‼　あんたら、そんなやばい顔するな。

走り去る帰蝶。
後を追って、元康、蘭丸も退場。

★

場面変わって、尾張領内。
帰蝶が駆け込んでくる。

帰蝶　十兵衛‼　十兵衛‼　いないのか⁉　十兵衛‼

十兵衛がそっと現れる。

十兵衛　……帰蝶様。
帰蝶　十兵衛、頼みがある。親父に言って兵を借りてくれ。
十兵衛　……。
帰蝶　ここに今川が攻めてくる！　この尾張がなくなるぞ。
十兵衛　なりません。

帰蝶　何故だ⁉

十兵衛　今美濃はそれどころではありません。

帰蝶　何言ってんだ。こっちも一大事だぞ。私の嫁入りなんか今は……

十兵衛　義龍様が挙兵なされました……。謀反です。

帰蝶　⁉……兄者が……。

十兵衛　今……美濃は戦場に変わりつつあります。今はこちらを助ける余裕はございません。

帰蝶　馬鹿な……そんな事が……。

十兵衛　逐一戦況を報告します。殿の命どおり……ここはこちらでお見守り下さい。

十兵衛退場。

立ち尽くす帰蝶。

帰蝶　だから……親父はあんな手紙を……。

震える帰蝶。

★

舞台数日の時が流れていく。

決意をする帰蝶。

立ち上がる帰蝶の後ろに、信長がいる。

信長　何処へ行く気だ？
帰蝶　……今お前と話してる時間はないんだ。
信長　行くのは許さん。お前はここに残れと言われてるんだろ。
帰蝶　それどころじゃない！　兄者が実の親を殺そうとしてるんだぞ!!
信長　だからこそだろ。
帰蝶　……何を言ってる？
信長　てめえの息子に狙われてんのを見せたくないんだろ。どっちに転がったってお前が傷つくんだから。お前はそんな事もわからんのか？
帰蝶　……。
信長　どうせお前は何も出来んだろ。役にも立たないくせに、調子に乗るな。
帰蝶　お前……。
信長　どの道ここを出る事は許さん。暮らしに慣れろ、落ち着くまでな。
帰蝶　ふざけるな！

信長を睨みつける帰蝶。
元康・蘭丸登場。

元康　殿！　殿！　今川が攻めてきました。その数四万です!!　田楽狭間に陣を構えているとの情報が……。

蘭丸　殿……このままでは……。

元康　二、三日しのげれば、武田に向けた軍を引き戻せます。殿、ここは篭城し、応援を頼んでは……。

信長　いらんぞ元康。武田を攻めよ。

蘭丸　殿!!

信長　向こうから来るんだから、丁度いいじゃねえか。それよりも蘭丸、お前は報告してきた奴を連れてこい。

蘭丸　どういう事ですか？

信長　今川を見つけた奴だよ。そいつを探してここまで連れてこい。いいな。

蘭丸　わかりました……。

信長　元康、派手に武田を攻めろよ。こっちは心配するな……。

元康　……。

信長退場。

蘭丸　元康様……。

元康　行こう……それしか道はない。

帰蝶に礼をし、その場を去る蘭丸と元康。
帰蝶がそこに残る。
そこに入ってくるお市。

お市　帰蝶様……大変な時に……すいません。
帰蝶　別に……構わない。
お市　……どうか気を悪くなさらないで下さい。
帰蝶　別に今に始まった事じゃないからね。
お市　同じなんです。私の兄も。
帰蝶　……どういう事だい？
お市　実の弟が謀反を起こそうとしたんです。お兄様を討ち、織田家の跡取になる為に……。
帰蝶　それは、本当か？
お市　はい。……でもお兄様は何も言いませんでした。誰にも言わず、一人で弟を討ったんです。家臣の反対も押し切って……たぶん……同じだと思います。あなたのお父様と……。
帰蝶　……あいつ。

帰蝶、走り出す。
お市もそれを見つめ、退場。

★

場面変わって、甲斐。
信玄が陣を構えている。
そこに入ってくる謙信。

信玄　謙信か……。
謙信　戦か？　相変わらず好きだなお前も。で、どうなんだい？
信玄　お前に比べたら、屁でもない相手だ。三日で終わる。
謙信　松平元康ね。こりゃ、あの婿殿の所の奴だろ。
信玄　俺に喧嘩を売るんなら、もう少し骨のある奴連れてこいってんだ。
謙信　……今川があの小僧を攻めているそうだ。
信玄　あいつも運が悪い。ま、俺には関係ない話だがな。それよりも謙信。
謙信　何だよ？
信玄　これ終わらせてからすぐやるぞ。やっぱりお前との戦じゃなきゃつまらん……。
謙信　……。
信玄　どうした？
謙信　いや、少し引っかかる事があってな。あいつは、俺達に喧嘩を売った。でもそれにしちゃ、
　確かに弱すぎる。
信玄　何がいいたい？
謙信　何か裏があるんじゃねえか？　自分から来ないのもおかしいだろ。

信玄　逃げ腰なんだろうが。あの将軍と一緒だよ。
謙信　将軍……ね。

ある事に気づく謙信。

謙信　……ちょっと待て信玄、将軍は何処に行った？
信玄　知らんと言ったろ
謙信　あいつ……。
信玄　おいどうした？

謙信が出て行こうとする瞬間、伝令がやってくる。

伝令　申し上げます！　今川義元が田楽狭間にて討ち取られました!!
信玄　何だと!?
伝令　織田信長軍は、今川軍を引き連れ、そのまま京に進軍しております。
信玄　小僧！！！
謙信　謙信、狙いは将軍だ。入京させるぞ!!
信玄　あの野郎……すぐに、風林火山を動かす!!　京に向かうぞ。
伝令　しかし!!　今は松平が陣を構えています。京には間に合いません。

謙信　足止めさせるって事か……面白い事すんじゃねえか。
信玄　謙信!!
謙信　先行ってるぞ。信玄、急げ。

謙信、足早に退場。
怒りに震える信玄。
刀を抜き、その場を後にする。

★

舞台場面変わると、京。
足利義秋がいる。
喜んでいる義秋のもとに、信長が入ってくる。

信長　気分はどうだ横分け丸。
義秋　横分け丸は最高の気分です。信ちゃん、ありがとう。
信長　次その言い方で呼んだら殺すぞ。
義秋　はーい、もうね、横分け丸は何でも言う事聞いちゃうからね。将軍の権威も復活したし、これで奴らを見返せる。
信長　では、全国に布令を出せ。この京に礼をもって、向かわせろ。
義秋　どうして？

信長　戦をやめさせるんだよ。この京の威厳を保て。それくらい出来んでどうする？
義秋　わかった。任せておけ!!
信長　粋がるな。横分け丸、越後の龍を呼び出せ。この京都にな。武田と上杉だけ抑えてくれりゃ、
　後は欲しいもん用意してやるよ。
義秋　本当か!? これで、天下は私のものだな。

義秋、嬉しそうにその場を離れていく。
信長はそれを見つめ、

信長　俺のもんだよ。

そこに蘭丸・お市が入ってくる。

お市　お兄様、おめでとうございます。
蘭丸　一時はどうなる事かと思いましたが……これで全国が一斉に動きます。殿を中心として……
信長　蘭丸……元康からの報告はあるか？
蘭丸　まだ、ありません。
信長　まだ負けてねえんだな。あいつにしちゃ……上出来だ。
蘭丸　それと殿……先日言われた男を見つけて参りました。入れ！

一人の男が怯えながら入ってくる。
男の名は、木下藤吉郎。

藤吉郎　あ……あの……私は……木下藤吉郎と申します!!
信長　……お前は何故今川を見つけた？
藤吉郎　あ、いや……木登りが得意でしたので……いつも木登りをしております。
信長　お前の日常は聞いてねえよ。
藤吉郎　あ、ですから……いつもどおり登っていて……もしやと思い……走りました。
信長　走ったのか？
藤吉郎　あ、はい！
信長　助かったぞ。
藤吉郎　……この尾張は緑豊かな国です。汚されるのは嫌だったから……あの、だから……お殿様……ありがとうございました。
信長　礼はこっちだぞ、猿。
藤吉郎　ええ……あ、はい。

そこに帰蝶が入ってくる。

帰蝶　……。
お市　あ……帰蝶様。よかったですね……美濃の戦もやんで。
帰蝶　……信長。
信長　何だ……？
帰蝶　婚礼の話は別だ。私はお前になんか死んでも嫁がん。だが……今回の事は礼を言う……悪かったな。

頭を下げる帰蝶。

信長　お濃、まだ早えぞ。
帰蝶　その呼び方はやめろ。
信長　約束の三日だ。急がないと時間がない。ついてこいよ。
帰蝶　……ついていくって何処へ？
信長　忘れんなって言っただろうが。行くぞ。
帰蝶　信長。
信長　猿、お前……道三とこ行ってこれ渡してこい。
藤吉郎　ええ……私ですか？
信長　足速いんだろ。行ってこい！
藤吉郎　はい!!

慌てて信長から文を受け取り、走り出す藤吉郎。

信長　お濃……行くぞ。
帰蝶　お濃じゃない！　帰蝶だ！

信長退場。
帰蝶も追いかけるように退場。

お市　行っちゃった……。もう……帰蝶様を怒らせないでよ……。
蘭丸　殿……帰蝶様の事、昔から知ってるような気がするんですよね。
お市　え？　そんな事ないでしょ。だって初めて会ったのよ二人は。
蘭丸　でも……前に言ってた事があるんですよ。狩りにいった時、蝶を見つけたって……。私びっくりして、殿そんなのにも興味あるんですかって聞いたら……。
お市　聞いたら……何よ……。
蘭丸　……一羽だけだって。

舞台ゆっくりと暗くなっていく。
暗転していく中、鷹の声が響いている。

★

舞台は本願寺へと移っていく。

信長、お濃登場。

帰蝶　やっぱりここかよ……。

信長　時間がねえんだよ。黙ってろ。これで俺の勝ちだな。

帰蝶　お前……何する気だ？

信長　うつけってのを存分に見せてやらんとな……お前の親父に。それが条件だ。

帰蝶　……。

熙子がゆっくりと入ってくる。

熙子　何用ですか？　織田信長殿……。

信長　三日だぞ。この国もらいにきた。

熙子　馬鹿な事を言わないで。あなたに負ける本願寺ではないわ。

信長　では力づくで奪うぞ。全勢力でだ。わからんのか？

熙子　そうみたいね……。

帰蝶　信長……お前……。

信長　向こう行ってろお濃……ざくろの花が手土産だ。行けよ。

帰蝶　馬鹿かお前は。
信長　それが条件だ。行け、お濃。
帰蝶　……私は、お濃じゃない。

お濃、その場を離れる。

信長　さて……それじゃ派手にやるとするか。
熙子　相手になりませんよあなたじゃ。
信長　本気っての見せてやるよ。

そこに謙信・信玄登場。

信玄　じゃあ見せてもらおうじゃねえか小僧。

熙子の背後につく二人。
驚く信長。

信長　お前ら……。
謙信　面白かったぞ。だけど俺らの力をなめてたのが敗因だ。

信玄　本気になりゃ、松平など取るに足らんわ。
熙子　どうするの？　織田信長……。
信長　てめぇら……。

熙子、背を向けその場を後にする。

信玄　全勢力でやらせてもらうぞ。楽しませてくれたお礼だ。
謙信　ゲームってのはこうじゃないとな。
信長　おい……お前、いるんだろ、悪いが力貸せ！

十兵衛が出てくる。

十兵衛　……これでは、勝てませんよ。
信長　それでもやるんだよ。このざくろの国が欲しいんだ。

刀を抜く信玄と謙信。
緊張する信長と十兵衛。

信長　お前……名前は？

十兵衛　十兵衛……明智十兵衛光秀!!

信長　行くぞ……構えろ!!

刀を構える信長と十兵衛。

謙信　それじゃ、始めるぞ、気合い入れろ!!

舞台急速に暗転して行く。

★

時間の経過。

舞台一つの光が灯ると、ぼろぼろのまま動かない信長がいる。

もう一つの光。

そこに入ってくる道三。

道三　文に書かれたとおり来てみりゃ……派手にやられてるな、婿殿。

ゆっくりと動き出す信長。

起き上がりながら、

信長　……全くだ。
道三　どうすんだ？　そんなんで娘もらおうってのか？
信長　……。
道三　ま、よくやった方だけどな……。

笑う道三。
信長は道三を必死に睨みつけ、

信長　道三……帰蝶はもらう……。
道三　覚悟はあるんだろうな？　半端じゃやらんぞ。
信長　天下だ!!……それでいいだろ。てめえの娘に、俺が天下をやる。帰蝶は……俺がもらう。お前を殺してもだ。

道三は静かに信長を見つめ、

道三　持ってけ。ただ……約束破ったら……俺は地獄からでも戻ってくるぞ。マムシだからな……。

道三退場。
帰蝶がゆっくり入ってくる。

帰蝶　……負けてんじゃねえか。
信長　お濃……面白いな……敵わない奴がいるってのは、面白い。俺はこれがやりたかったんだよ
……。
帰蝶　馬鹿か……お前は。
信長　楽しい祭りにしてえんだよ……。いつか、もう一度やってやる。本気でな……。

笑う帰蝶。
信長もまた、かすかに笑う。
鷹の鳴き声が聞こえる。
二人、頭上を見上げると、雨がぽつぽつと降り始める。
舞台ゆっくりと暗転していく。

EPILOGUE

時は流れる。
晴れた空。
舞台明るくなると、鷹の鳴き声。
一人の男が立っている。
男の名は、明智光秀。
かつて、十兵衛と呼ばれた男。
光秀が空を見上げると、舞台上空からの一枚の密書が降ってくる。
それを拾い、読み始める光秀。

光秀　やれやれ……。

光秀は微笑み、上空を見上げる。
その場に一人の女が現われる。
女の名は、お濃。

かつて、帰蝶と呼ばれた女。

お濃　光秀。

光秀　これはこれは、どうなさいましたお濃様。

上空を見上げるお濃。

鷹の鳴き声が聞こえてくる。

お濃　……呼んでるねぇ。

光秀　そのようですね。

空を見上げる二人。

まぶしそうに微笑みながら。

完

あとがき

三冊目の戯曲集です。一年に一冊。舞台という集団作業の中で、僕の大切な唯一の個人作業がこの戯曲集ということになります。創るということは出逢うことである、と言う持論に変わりはありませんが、この本も充分新しい出逢いをくれます。勿論、今これを読んでくれているあなたです。初めて出逢うのか、偶然手に取ってくれたのか、昔からのお付き合いなのかわかりませんが、ありがとう。たくさんの感謝を込めて。

この作品は、二〇〇三年一月に東京の紀伊國屋サザンシアター、新神戸オリエンタル劇場で初演を迎え、二〇〇七年一月に東京のグローブ座で再演されたものです。戦乱の一五八二年、織田信長が並みいる家臣たちに、そして全国の猛者達に仕掛けたゲームという題材が物語の基本コンセプトになっています。

歴史の偉人にいつも感じている事があります。歴史は形を変えて耳に届くものですから、本当の事はやっぱりわかりません。ですが何故か同じ人間である偉人たちが、いつの間にか別の世界の住人である様な気がしてしまうのです。彼らだってきっと年月を重ね、大人になり、寿命を迎えるまで精一杯生きていたことに変わりはないのに。それが「歴史」を僕が題材にしたきっかけです。

特にこの時代の信長の周りにいる人間は本当に激動で、後世に名を残している偉人ばかり。でもきっと集団ですから、色んな立場があったんじゃないかと思うのです。どじな奴、冗談ばっかりな奴、頼りにならない奴、恋愛ばっかりしてる奴、皆から頼られてる奴。文献に残っているどんな資料にも載っていない、いや載るはずのない創造の彼ら。そんな彼らの天下獲りの物語を描きたかった。だって僕も劇団を主宰し、尺度の摑めぬ天下獲りのゲームをしていますから。

上演記録には載っていますが、初演版と再演版で登場人物に差異があります。初演時には、森蘭丸・伊達政宗・猿飛佐助の三役がありましたが、再演の二〇〇七年には出ていません。初演は、ゲームにおける群雄割拠をイメージした上での物語でしたが、再演では明智光秀、そしてお濃の観点からの物語を軸に書き換えました。この戯曲集は、二〇〇七年の再演を基に戯曲化されたものです。

もう一つの短編、『帰蝶』は二〇〇三年六月に東京のアイピット目白において、上演されました。帰蝶とは信長の妻であるお濃の別名。歴史上、いつ信長のもとを離れたのかも、そしていつ死んだのかもわからないこの女性を主人公にしてみたかった。信長とお濃の出逢い、本編よりも更に昔の物語です。「恋物語」だと、僕は思っています。

劇団とは「大きな船」のようなものだと思っています。果てしない航海をしながら、乗るのも降りるのも自由な船です。新しい波止場で人と出逢い、仲間を迎え、仲間と離れ、いつ終わるのか、自分自身でもわかりません。

そして物語は「恋」だと思っています。焦がれるように惹かれあい、結末を知りたくて、先へ先へ進んでいく。時には傷ついて、涙して、でも笑顔があって、そしていつ終わるのか、これも全くわかりません。でもこれこそ僕と、舞台との関係に違いありません。

この作品の時代に焦がれるのは、そんな理由でもあります。

論創社の森下さん、関係者の皆さん、ありがとうございました。あと、僕と共に航海を続けているＡＮＤ ＥＮＤＬＥＳＳのメンバー、ありがとう。そして、何より劇場に足を運んでくれている皆様。本当に本当に、ありがとう。皆さんがいるから、航海を続けることができます。もう一度だけ、ありがとう。

初めて戯曲を出したときから、この作品を三冊目にと、考えていました。「世界」をテーマにした三部作だと思っています。自分の中で勝手に。

だからこそ次は、また新しい波止場を目指して。劇中、織田信長が何度も口にする「楽しめよ。但し、本気でな。」という台詞を自分に言い聞かせて。

僕の物語の旅はまだまだ続いていきます。恋をしながら。

二〇〇七年三月　「ONLY SILVER FISH」執筆の途中で

西田大輔

『GARNET OPERA』上演記録

〈初演〉
上演期間・・・・・・2003年1月9日～13日／2003年1月17・18日
上演場所・・・・・・新宿紀伊國屋サザンシアター／新神戸オリエンタル劇場

CAST
信長・・・・・・・・・西田大輔
お濃・・・・・・・・・田中良子
藤吉郎・・・・・・・・窪寺昭
光秀・・・・・・・・・DJ ARCHE（㈱サンディ）／澤口渉
家康・・・・・・・・・村田雅和
勝家・・・・・・・・・田中覚
義昭・・・・・・・・・佐久間祐人
謙信・・・・・・・・・児島功一（劇団ショーマ）
勝頼・・・・・・・・・岡本勲（劇団ショーマ）
利家・・・・・・・・・森雅紀（㈱サンディ）／岡崎司
お市・・・・・・・・・中川えりか
フロイス・・・・・・・町田誠也（R:MIX）
熙子・・・・・・・・・兼森理恵
蘭丸・・・・・・・・・大森裕子
幸村・・・・・・・・・濱田純司
八重・・・・・・・・・木村智早
政宗・・・・・・・・・加藤靖久／八巻正明
長宗我部・・・・・・・村田洋二郎
半蔵・・・・・・・・・宮山国彦
佐助・・・・・・・・・渕上善一

DANCER
赤岩和子　飯森三紀　五十嵐慶一　今泉祥子　岩佐麻里子　大中臣康子　勝又悠里
小早川泉　菅間絵美子　巽徳子　田中香澄　中里真由美　松尾耕　松原雪春

COROS
伊藤雅史　菅野智文　清野貴男　鶴田誠人　山下航一　山本常文

STAFF
作・演出・・・・・・西田大輔
舞台美術・・・・・・深海十蔵
照明・・・・・・・・千田実（CHIDA OFFICE）
音響・・・・・・・・中村成志（Sound Gimmick）
音響効果・・・・・・小林洋貴
映像・・・・・・・・影乃造
衣装・・・・・・・・増田晶
衣装協力・・・・・・岡野睦子　佐久間のぞみ
ヘア・メイク・・・・村田さやか
振付・・・・・・・・松尾耕（Dance Company MKMDC）
殺陣指導・・・・・・堀口達哉　尾野塚隆（XYZ）
舞台監督・・・・・・蓮樹謙
舞台監督助手・・・・淺田要　蕪木久枝　五木見名子
題字・・・・・・・・八巻明
宣伝美術・・・・・・サワダミユキ　桐本直樹
HPデザイン・・・・・上澤進介（sakura design）
ロゴ・Tシャツデザイン・・・丸山数馬
舞台写真・・・・・・土屋勝義
舞台写真助手・・・・内田律子
プロデューサー・・・家入知子
制作・・・・・・・・小比賀祥宣　下浦貴敬　安井なつみ
制作協力・・・・・・大橋沙香　近藤直子　下田久美子
企画・制作・・・・・AND ENDLESS
主宰・・・・・・・・㈱Entertainment Capital

〈再演〉
上演期間・・・・・・2007年1月24日～28日
上演場所・・・・・・東京グローブ座

CAST
信長・・・・・・・・・西田大輔
お濃・・・・・・・・・田中良子
光秀・・・・・・・・・村田雅和
勝家・・・・・・・・・佐久間祐人
藤吉郎・・・・・・・竹内諒太
利家・・・・・・・・・一内侑
家康・・・・・・・・・矢口雄
八重・・・・・・・・・安藤繭子
お市・・・・・・・・・中川えりか
フロイス・・・・・・加藤靖久
謙信・・・・・・・・・八巻正明
勝頼・・・・・・・・・村田洋二郎
幸村・・・・・・・・・宮本京佳
長宗我部・・・・・・伊藤寛司
義昭・・・・・・・・・岩崎大輔

GUEST
半蔵・・・・・・・・・石垣まさき
熙子・・・・・・・・・後藤藍（東宝芸能㈱）

DANCER
青戸郁恵　浅野千尋　大島梨那　大野周平　後藤理紗　小早川泉　田辺恭子
辻加奈子　戸田佳世子　光子　野島智隆　前田絵美　森香菜子　森将雄
安平和馬　矢冨はるか　山口絢　山口幸子　吉田智子

COROS
東達郎　植野正浩　柴田和亮　寺島八雲　平野雅史　宮城剛
村瀬啓佑　山本常文　吉田兼彬　渡部和博

STAFF
作・演出・・・・・・西田大輔
舞台美術・・・・・・角田知穂
美術補佐・・・・・・秋友久美　田中香緒
大道具・・・・・・・松澤紀昭
照明・・・・・・・・千田実（CHIDA OFFICE）　南香織（CHIDA OFFICE）
服部祐子（SECT）
音響・・・・・・・・前田規寛（M.S.W.）
音響効果・・・・・・大畑真彦
映像・・・・・・・・影乃造
衣装・・・・・・・・雲出三緒　瓢子千晶
衣装協力・・・・・・日和田史　小菅飛鳥　阿部加代子
ヘアメイク・・・・・村田さやか
ヘアメイク助手・・・林美由紀
美容協力・・・・・・STEP BY STEP
振付・・・・・・・・松尾耕（Dance Company MKMDC）
舞台監督・・・・・・清水スミカ
舞台監督助手・・・・板垣周作
題字・・・・・・・・八巻明
宣伝美術・・・・・・サワダミユキ
webデザイナー・・・髙橋邦昌
撮影・・・・・・・・カラーイマジネーション
舞台写真・・・・・・飯嶋康二
制作・・・・・・・・大森裕子　小比賀祥宣　下浦貴敬　安井なつみ
制作協力・・・・・・新井伸枝　本城由季
協力・・・・・・・・株式会社シグ
プロデューサー・・・下浦貴敬
主宰・・・・・・・・Office ENDLESS

『帰蝶』上演記録

上演期間・・・・・・2003年6月5日～8日
上演場所・・・・・・アイピット目白

CAST
帰蝶・・・・・・・・・田中良子
道三・・・・・・・・・榊陽介（客演）
十兵衛・・・・・・・・澤口渉
謙信・・・・・・・・・児島功一（劇団ショーマ）
信玄・・・・・・・・・岡本勲（劇団ショーマ）
義秋・・・・・・・・・佐久間祐人
元康・・・・・・・・・村田雅和
お市・・・・・・・・・中川えりか
蘭丸・・・・・・・・・大森裕子
幸村・・・・・・・・・濱田純司
煕子・・・・・・・・・兼森理恵
藤吉郎・・・・・・・・窪寺昭
信長・・・・・・・・・西田大輔

STAFF
作・演出・・・・・・・西田大輔
照明・・・・・・・・・新井伸枝
音響・・・・・・・・・宇都宮響
舞台美術・・・・・・・大野寿子
映像・・・・・・・・・影乃造
衣裝・・・・・・・・・増田晶
宣伝美術・・・・・・・峰不二夫
舞台写真・・・・・・・土屋勝義
webデザイン・・・・・上澤進介（sakura design）　松原貴之
制作・・・・・・・・・小比賀祥宣　下浦貴敬　安井なつみ
企画・制作・・・・・・AND ENDLESS
主宰・・・・・・・・・㈱Entertainment Capital

西田大輔（にしだ・だいすけ）

劇作家・演出家・脚本家・映画監督。

1976年生まれ。日本大学芸術学部演劇学科卒業。

1996年、在学中にAND ENDESSを旗揚げ・2015年DisGOONie設立。

全作品の作・演出を手掛ける。

漫画、アニメ原作舞台化の脚本・演出の他、長編映画「ONLY SIVER FISH」・ABC連ドラ「Re：フォロワー」の脚本・監督も務める。

代表作に「美しの水」「GARNET OPERA」、DisGOONie舞台「PHANTOM WORDS」「PANDORA」「PSY・S」「DECADANCE-太陽の子-」「GHOST WRITER」などがある。

上演に関する問い合わせ
〒152-0003　東京都目黒区碑文谷3-16-22　trifolia203
株式会社ディスグーニー　DisGOONie inc.
TEL・FAX：03-6303-2690
Email：info@disgoonie.jp
HP：http://disgoonie.jp/

ガーネット オペラ

2007年5月25日　初版第1刷発行
2022年2月22日　初版第3刷発行

著者　西田大輔
装丁　サワダミユキ
発行者　森下紀夫
発行所　論創社
東京都千代田区神田神保町2-23　北井ビル
tel. 03（3264）5254　fax. 03（3264）5232
振替口座 00160-1-155266

印刷・製本　中央精版印刷

ISBN978-4-8460-0628-0　https://www.ronso.co.jp